如果有一天

刘兆国诗集

刘兆国 著

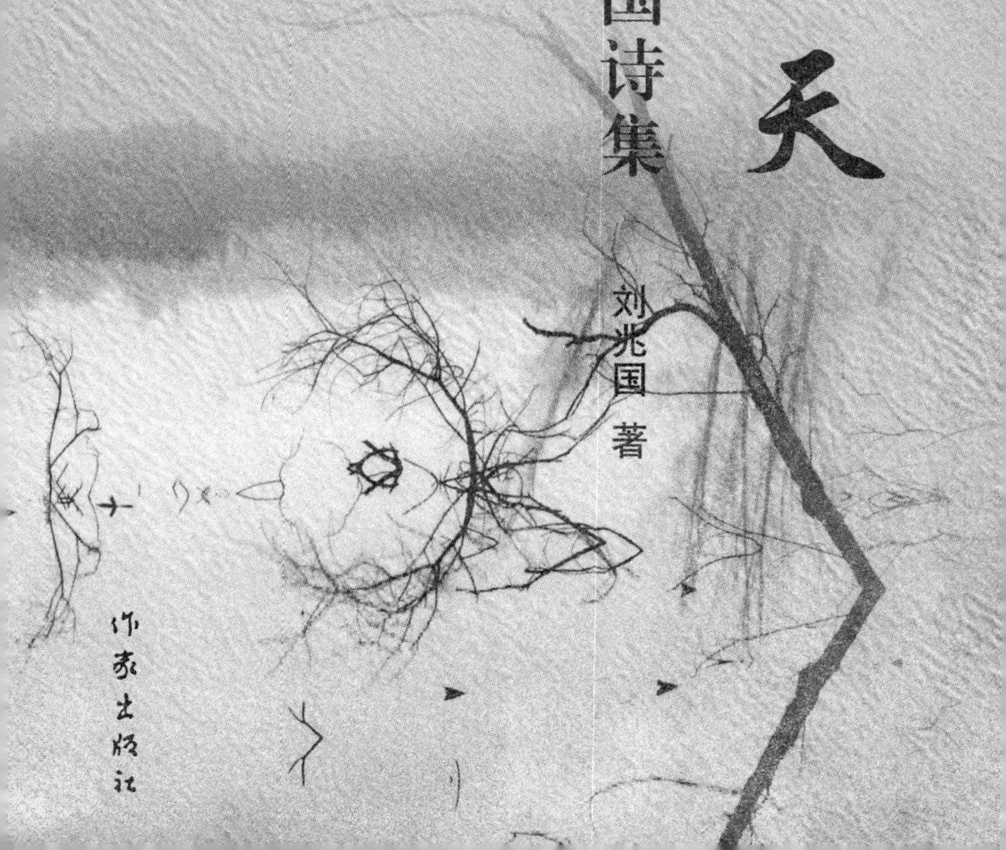

作家出版社

在诗歌的世界里快意人生

——序刘兆国诗集《如果有一天》

金　宇

近日，兆国邀约我为他的第二本个人诗集《如果有一天》作序。说实话，他再次找我作序令我倍感惶恐。解读诗歌等于冒险，对于诗歌，我既不是诗人，也不是诗评人，更不是专家，只是做了一份与文字沾边的工作，充其量是文学爱好者。在我再三追问下，兆国说出了一直讳莫如深的心里话："找你作序是因为你名气小，对我没有压力。"这句"大实话"终于让一事无成的我聊以安慰——我的存在很有价值。以前谈起兆国的诗，我有些害怕。一是怕自己愚钝，误会了他和他的诗；二是怕自己的不懂装懂，让他看出破绽。现在既然他道出天机，我就可以轻装上阵天马行空胡言乱语了，大家一起看个热闹也好或是笑话也罢，反正我是外行我怕谁？

在我看来，写序的主要目的有二，一是推介某人，二是推介某人的某物。既是推介，人和物的特征是一定要明明白白的，否则难免张冠李戴，千人一面。我对诗人刘兆国形象的描述是：戴眼镜的充满正能量的健硕男人，努力把写诗和跑步一起搞得让女生尖叫的男诗人，外形儒雅其实不羁、看似粗犷其实细敏、以为循规蹈矩其实仗义执言、以为生活懒惰其实思维总是高速运转的复合男性公民。

粗略算一下，为兆国上一本诗集《雪落北方》作序还不到四个月，我很讶异他的创作速度，在不到四个月的时间里创作出百余首诗歌，这是井喷的节奏。通读这本诗集，感受到诗人喷薄四溢的才情与闪念的灵感碰撞出那些直击心底的诗句，那些或温暖或唯美或哲思或深邃的诗句，带着周遭的光亮引领你来到一个清泉汩汩天高云淡鸟语花香的世外桃源……

这本诗集《如果有一天》分六卷，里面涵盖了亲情、友情、爱情，以及由三者延伸的思想及情愫。这一百三十首诗，是如火般激情的释放，是空灵龙蛇的飞舞，也是心泉真情的轻涌。正如诗人刘兆国所说，写诗的感觉是美妙的，它可以让孤独寂寞的内心世界慢慢变得丰盈、自信起来，让你忘却尘世的烦恼和忧愁，因为，从中你能得到美的享受、人类最高级的快乐。

我个人认为诗歌的主体是内容和形式。诗人刘兆国的诗歌内容有五大关键词。

第一个关键词“思考”。

“思考”是兆国创作的引擎，“我是谁？我从哪里来？我到哪里去？”这样的追问不是哲学家的专属，也是每一个人的权利，诗人当然概莫能外。兆国通过思考采集日月之精华，使天空与大地发生了联系，使时间与空间发生了逆转，并借助文字的轻功跃然纸上。在《江堤漫步》里说：告别的时候/已经泪洒长空/错过的花开花落/也许四季就是一生；《汽车》：不知道从哪里来/忘记了到哪里去/暴躁得像热锅上的蚂蚁/家很遥远 亲人已经陌生;《两只猫》:也许这世上的某些等待/注定没有结果/像错过同船共渡/像错过春暖花开。在这本诗集里经常会读到这些对生活及存在的事物提出疑问和思索的诗句。由此说明诗人创作诗歌并非简单的记录和宣泄,而是清理。清理人生路上的羁绊,清理人生路上的迷惑,清理人生路上的喧嚣。诗人寄望于通过诗化的文字把自己的思想叠加到诗歌里，由此找寻存在的意义。很显然,这样的找寻高于摇旗呐喊、高于痛哭流涕、高于沉默不语。这是找寻的最高境界。

在诗集里“思考”贯穿始终,里面发人思索、令人醍醐灌顶的诗句不胜枚举。如果人生是一盘棋/我就抢占天元/不管结局的胜负/登高望远笑看江山无限(《天元》);自由是新鲜的空气/法制是明媚的阳光/历史是一面镜子/也是一声沉重的叹息（《余华的<活着>》）；股市是一台绞肉机/把欲望和贪婪剁成碎末(《股市》);其实,活着的意义/就是不断阐述一种声音(《其实》);未来对历史说/我的行程会一帆风顺/历史笑了/不经历岁月的风风雨雨/谁能知道明天会是什么样子（《愚人节》)。细读每一首诗都有思考的痕迹,这是一个敏思勤思的成熟诗人的体现。

第二个关键词“想象”。

如果人类失去想象，世界将会怎样？想象更是诗人的翅膀。在《如果有一天》这本诗集中,读到诗人的翅膀上每片羽翼都闪着晶莹的光亮。天空用淡蓝的帷幕/打开北方四月的晨曦/风儿被涂抹成暖色调/摇动沉睡群山的背影（《花开北方》）；把春天打扮成杨柳细腰/打扮成花枝招展/打扮成单纯可人一缕清风/然后站在十字街头/弹起我心爱的吉他高声歌唱/岁月不老,绿草青青(《春分》);晨曦和晚霞相约/天空的帷幕，我开 你合/我在地平线上亲吻了花朵/你在夜色中醉看霓虹闪烁(《相约》);石头咳出了血/只为一眼/断断续续的/山泉(《偶感》);有一天,穿旗袍的女人/双眼含泪双手合十向你诉说/你悸动的心血脉贲张/干枯的心灵做了最后一次翻腾(《老树之死》)。读到这些让诗人插上翅膀的诗句,我更加坚信天赋的存在,上帝一定是握着有天赋的人的手在作诗。读罢《致远方》让我领略到想象的极致:目光/掠过无边无际的大海/湛蓝的浪花是凝视岁月的眼睛……希望/满满的期待都会春暖花开/时间的风铃摇动岁月的脚步轻轻……

从这些带着露珠的新鲜动感的诗句中，可以窥见诗人一颗心充满童真的想象力，他的魅力在于将你带入一个虚拟世界,实现现实生活中不可能实现的梦想。诗人刘兆国说,想象力的作用就是他可以使你享受快乐,享受惊奇,享受自由,享受现实生活中少有的感受。

第三个关键词“回忆”。

“回忆”是诗人刘兆国思考的一种方式,通过回望故乡和过去,诗人完成一种构建,找到了追问之后的一块栖息地。回忆的内容主要包括两个方面:一个是故乡,一个是青春。在诗集的“卷二:故园之恋”里近二十首诗歌都是作者以回忆故乡为基调。“故园”,往往让人联想到沉重和离殇。然而,在诗人刘兆国的诗里却满眼的“童话王国”。一首《故乡》把诗人童话般的童年影像放映在你眼前：爬山虎漫过/母亲生我的土坯房/六棵果树像母亲生育的六个孩子/结满秋天的欢笑/向阳光的一半通红/背阳光的一半翠绿/我同桌邻家美丽的小女孩/看都不看我一眼/怯怯地盯着那熟透了的果实……故乡是我曾经的寻找/故乡是我稚嫩的目光/故乡是土坯房里无忧无虑的童年/故乡是喊破远山的回声/故乡是心灵的绿地/每次回首/都鲜花朵朵荡气回肠……

一个人的童年对成年后的人格构成起着决定作用。兆国之所以有一颗乐观、积极、豁达的心态,完全和他那段无忧的童年有关。谈到这里,有必要说说兆国的成长历程。他成长在东北的一个小山村,那个年代就连城里的物资也极度匮乏。然而,他的父母为了让六个孩子吃饱,毅然把家从煤城鹤岗搬到农村,父亲开荒种粮,母亲在家里养殖生禽。回想童年,刘兆国还沉醉其中,他说,那时吃的粮食都是纯绿色的,全麦面粉是带着麦皮一起磨的,蒸出来的馒头一顿能吃五六个。在吃饱穿暖的岁月里,小兆国和村里的孩子在一望无际的大地上奔跑嬉戏。他在诗中写道:我的速度无人能及/为了追赶姐姐/特别是姐姐漂亮的女同学/我曾跑断过远山(《梦童年》)

故乡是诗人的第二个情人,故乡里有几多爱情诗篇。青春和爱情总是诗:携手走过的青青校园/脚印和背影已经随风飘散/唯有这优美的旋律/哼唱起来仍然温暖(《歌声》);课堂上,我声情并茂地朗诵着古诗/昂扬的旋律陶醉了南归的雁阵/它们用嘎嘎的语言回应四月的春风/把飞翔万里的路途高声品读(《那时,我还小》);读这位来自山里孩子的诗,我这城里长大的人不免怅惘自己的青春如此苍白,就像他诗里自豪的放歌:当我青春的脚步飞奔在运动场/城里的孩子只能望着我的背影暗自神伤/最质朴的东西往往最金贵/如一杯清水如一瓣

花香(《豆腐》)

第四个关键词“积极”。

为什么把“积极”单独提炼出来？因为在常人眼里许多诗人都比较忧郁和消极。很多人误认为诗是宣泄和解闷，或是消愁的工具。一些故做深奥、无病呻吟的晦涩的所谓诗作，充斥于市。诗人刘兆国的诗歌让你感受到积极的正能量，即便有对人生发问或迷惑不解或惆怅思绪的时候，但诗由心生，情随意动，最终诗人都会从黑暗和阴霾中走出，给人送去一丝曙光：那就静下心来慢慢地走/人在江湖何处都是相逢/吃一顿火锅烫一壶老酒/让最冷的日子热气腾腾(《腊月初九》)；我的故事不仅仅是寒冷/也有七月如火的炽热/也有细雨中山的清新和空濛/沿着我的目光来找我吧/踏一路冰雪洒一路春风 (《大寒》)；我是你的和风细雨/你是我的暗香和翠绿的等待/当我们携手走向明天/每一个有雨的日子都有阳光(《兰花草》)；感冒的时候喝点高粱酒/麻醉和燃烧不舒服的神经/熟睡中嘴角含着微笑/哼一曲春暖花开为明天饯行 (《感冒的时候喝点酒》)。

诗人刘兆国说，写作、读书、跑步是他人生不能辜负的三件事，这三件事带给他积极乐观的心态，也让他从中获得了无限的乐趣。细品兆国的诗，多数都是在最后一节给人积极的暗示，他的智慧在于永远能让读者观赏到一幅绝伦的图画，闻到一阵春天的芬芳，并使其醉倒其中。

最后的关键词“爱、情”。

这里所指的“爱”既有大爱也有小爱，既有情爱也有友爱。在刘兆国上一部诗集《雪落北方》里我把诗人的“情”概括为爱国之情、舐犊亲情、侠骨柔情、壮志豪情。在这部诗集中一百三十首诗几乎每一首都弥漫着情与爱的气息。在诗集中我们窥见了诗人的另一面，在爱情面前，诗人和俗人高度一致，诗人用雅与俗演绎了终极意义上的爱情。同样的热烈，同样的羞涩，同样的失落，同样的憧憬，当然，诗人也和所有人一样，在现实中把爱情还给现实，还给生活。诗集中有初恋的羞涩、相思的苦闷、期待的焦灼、面对情感的彷徨、生离死别的痛苦……诗人仿佛引领我们进入了神秘的爱情世界，领略其中的欢乐和痛苦。因为作者把《如果有一天》这首诗作为这部诗集的书名，所以我对它格外关注，当我静下心朗读这首诗，我莫名地感动。作者把一种情愫贯穿到诗里，这种情愫就是爱的最高境界——心疼。让我们一起来感受这种心境吧：

如果有一天
月亮把秋水望穿
清澈的湖水
映下你的娇美容颜

如果有一天
心痛于无眠的夜晚
请穿上你的棉衣
立冬之后日子正寒

如果有一天
歌声唤醒思念

寻找你的归途
我不知道怎么转弯

如果有一天
绿草划破千里冰川
不期而遇的你我
是不是话说从前

如果有一天
醉酒在寂寥的夜晚
我一定摘下满天的星光
装点你的世界璀璨无边

如果这世界没有爱情,生活中就没有了色彩;如果没有亲情,生活就失去了意义。诗人也是食人间烟火的凡人,诗人刘兆国在这方面表现的比其他诗人更接地气。在这部诗集中,亲情占据了大部分的版面,在“亲情依伴”、“故园之恋”、“千种风情”这三卷中充盈着亲情的温暖。最美的旅途是回家/故乡的明月/已经长出乳牙(《回家》);有一天清晨/我回头张望/父母亲搀扶着走来/衰老了时光(《九九重阳》);于是我日夜兼程归心似箭/带着几枚南方的红果/让戴着假牙套的父母亲尝尝(《在路上》);父亲对我说/幸福不是想要的太多/而是平和简单(《很久以前》)。从这些戳人泪点的诗句中感受到诗人的细敏,这位粗犷的东北男人有一颗柔软的心。

刘兆国是心系天下、有人间大爱情怀的诗人。他说:“如果诗人一味地宣泄自己的小情小爱，那么他的创作生命是不会长久的。”在他的一首《新年》中说：辞旧迎新的时刻许一个心愿/唯愿快乐和健康岁岁年年/家国情怀召唤凌云壮志/你的誓言 我的誓言……

随性，是刘兆国作诗的特点。可能某一事物或某一物件蓦然就能激发他的灵感。而这些诗看似平淡，其实内含着作者悲天悯人的大爱情怀。我在世界的目光中/世界在我的手掌里/我的南中国海潮湿了风景/椰风习习四季花红/在西亚的某个地方/内讧和杀戮赶得人们像惊弓之鸟/亡命天涯而天涯何处才是家/趴在沙滩上溺亡的小男孩是一幅滴血的画（《手机》）；仔细端详这些环卫工人/都是叔叔阿姨 本该颐养天年/可他们养育完儿子再养育孙子/左肩上扛着扫帚 右肩上扛着责任/在刺骨寒风中清扫路面/一点一点儿 扫来了黎明/有时也谈论不争气的儿女/听众永远是呆板的路灯杆（《穿黄马甲的环卫工人》）；在《天元》《汽车》《股市》《片段》《酒局》《住洋房的女人》等诗作里，诗人浓墨重彩地述说着对生活在同一地球上的人类的命运，作者与他们一起同呼吸共命运，感受着他们的欢乐和悲伤，喜怒和哀乐。

谈完内容之后，再谈诗人刘兆国的创作形式。

内容的背后，形式拥有更宽广的“舞台”。兆国说他最“中意”的诗人是舒婷，《祖国啊，我亲爱的祖国》《惠安女》《致橡树》等诗歌，到现在还能倒背如流。“舒婷们”对刘兆国的诗歌创作起到了深远的影响。

1983年，刘兆国初中毕业以优异的成绩考入富锦师范。师范学校是让他真正狂热地爱上诗歌的土壤。

上世纪80年代是中国新思想、新文化和新艺术集中爆发的黄金时代。在所有这些生机勃勃的领域中，诗歌被文学爱好者高度关注和迷恋。诗人们守持着物质上的贫困，却分享着精神的富有。他们写作、结社、出地下刊物、在全国漫游、把酒吟诗，以不知疲倦的能量点燃了80年代的漫漫长夜。

刘兆国在诗歌的黄金时代里快意人生。

对于兆国而言，诗歌是一个人的江湖，他的诗风不属于任何一个流派。他有了灵感就作诗，嬉笑怒骂皆是诗。他的诗歌作品并非囿于一种风格。他力求自己的创作手段更丰富，不拘于主义或流派。

通读兆国的诗作，我从中读出了“雅俗共赏”四个字，这个词是内容，同时也是形式。兆国的诗作最大的特点是雅俗共赏，我认为雅俗共赏的优秀诗作有着鲜明的艺术特点，能更好地发挥社会作用，是诗歌创作的最高境界。因此，诗歌创作应力求用浅显通俗的语言，表达丰厚幽深的意蕴，使作品具有丰富的文本潜能，不同层次的读者都能欣赏。兆国的作品除去了晦涩暗隐的外衣，因为那些无病呻吟、暗流涌动的写法只会让读者无所适从不知所云。

那首《新年》的雅，雅得通俗：我把笑靥幻化成雪花/萦绕你的发髻和胸前/世界洁白而又柔美/你的新年 我的新年；这首《鸣》的俗，俗得雅致：喜鹊/叫声响亮而又沙哑/像醉酒中的男人/傻傻地呼唤女人。

诗人刘兆国的诗作属于自由体，讲究格律押韵的诗读起来优美流畅，朗朗上口；无韵的诗则注重自然的、内在的节奏，押大致相近的韵或不押韵，用唯美的哲理诗句，抒写自己对人生的理想和信念。《我来自海洋》《我来自天空》《我来自森林》《如果有一天》《很想在今夜将你遗忘》《我要和雪花一起飞翔》《一路芬芳》等等诗歌可谓朗诵的佳作。《我来自海洋》每每读起令人心潮澎湃：我来自海洋/湛蓝湛蓝的/是我纯洁的胸膛/当鲸鱼把心事吐向天空/抖下串串水珠的/是海鸟的翅膀；《很想在今夜将你遗忘》读罢令人几许怅惘：很想在今夜将你遗忘/在寒冷的马路上细数雪花飞扬/刺骨的风一点点吞噬我的火热/这一段旅程我遍体鳞伤……

在"卷六：百味人生"中大多都是无韵的诗，如《电视银屏(组诗)》《人体素描(组诗)》《这个城市》《夜晚》等等。兆国说，这些无韵的诗有戏剧和叙事的特点，由于没有押韵的束缚，诗人可以有更大的自由，人物的语言更贴近日常生活。《鸣》《老树之死》《何去何从》《酒局》《住洋房的女人》等属于叙事诗，诗人娓娓道来的一段段故事，让读者参悟到人生的一些道理。

成为一名诗人，是刘兆国从少年就开始的一个梦想，多年的努力使他离这个梦想已经零距离。近两年他的创作渐入佳境，厚积薄发。之前介绍过他四个月创作了一百多首诗歌，这个井喷的速度不是偶然的。刘兆国从教师岗位进入公务员队伍，曾经历了十几年的人生奋斗期，虽然搁下了作诗的笔，但他未忘初心。十几年来，他阅读了大量的书籍，遇到感兴趣的书他通宵不眠。一套十三册的长篇小说《典当》，他阅读起来废寝忘食。这十几年的人生积淀和磨砺，为他后期的创作埋下了伏笔。他不断地尝试变换写作风格，就像他每天晨跑，虽然依然是昨天的路线，但今天的心情有着别样的风景。

诗人刘兆国是一位特立独行的人，他写诗纯是个人爱好。

他从不为自己设定创作目标,写诗全是随意而为。写诗一定要让自己快乐,用兆国的话讲,创作诗歌就像跑完全程马拉松一样,让汗水酣畅淋漓地流,身心从里到外的舒坦,看着自己创造的一个个新“生命”,满足感难以言喻。

2016 年 6 月

目录

卷三 千种风情

卷四 春秋几度

卷五 闲听落花

卷六 百味人生

卷一：亲情依伴

两棵树

我家的院子里有两棵树
一棵是母亲
一棵是父亲

他们托着儿时的月亮
拎着穿开裆裤的我
四处奔跑

跑着跑着
我的双唇上下便长出胡须
领着新娘子拜天地的时候
两棵老槐树都笑了
满脸的皱纹仿佛开了花

如今,人到中年的我
抚摸形如枯槁的两棵老树
早春里冒出的嫩芽
在晨露的阳光下亮晶晶
多像父亲和母亲疼爱我的目光

蒲公英

岑寂苍凉,寒风萧瑟
蒲公英和绿草
举起无数只僵硬的臂膀
像利剑刺破千里冰川
喜鹊的第一声欢叫
吵醒了黑色的土地

绵软的风似婴儿的小手
抓挠着老树皲裂的双唇
柳树的枝条由深变浅
一点一点生成鹅黄
而杏树即将吐蕊
枝桠间缀满通红的春天

父亲正在田埂上歌唱
惊起远山飞鸟一串串
仿佛要收割金色的稻浪
陶醉而又惬意
秧苗在温室里睡着了
温室很热,母亲穿着单衣

玉米的青苗拱出土地
田间便开满金色的蒲公英
惹来蜜蜂和蜻蜓
还有晶莹剔透的晨露
在故园的老槐树下,纷纷述说
祖祖辈辈的前世今生

初夏的某个清晨
蒲公英长出洁白的绒毛
带着不舍和无奈
向着远方,翩然飞舞
被微风刮起白色的一团
多像外婆渐行渐远的身影

这一天

1

这一天
雪花覆盖一望无垠的三江平原
洋洋洒洒漫天遍野
在远方,北归的雁阵
正用翎羽把阳光划破
我年轻的父亲眉头紧锁
嚅动的喉结似乎在说,应该是个小子
吞云吐雾,寡言沉默

2

这一天
北方的土炕散发着滚滚热浪
美丽的母亲紧攥接生婆的手
用力再用力,精疲力竭
汗水湿透了衣裳
我哇哇地啼哭,似乎惊着了母亲
她虚脱的身体像柳絮

闭着的双眼流出泪花
喃喃自语,这哭声一定是个男孩
他会用臂膀扛起家族未来的岁月

3

这一天
我好像经过漫长的奔波
走过春暖花开走过漫天飞雪
我只啼哭了几声就呼呼睡去
看都没看外婆的欢呼雀跃
在秋天里我学会了行走
用咿呀学语和蹒跚的脚步
把妈妈甜蜜的笑脸
和父亲豪迈的笑声迎接

4

这一天
我许下健康和快乐的心愿

点燃生日的烛火
仔细端详父母亲慈善的容颜
曾经的英俊和美丽
润泽了一个家庭幸福的传说
那农家小院,长子的啼哭
一直乡音环绕,温馨了岁月

5

这一天
写就一篇父亲的童话
汇入永远的亲情之河
描绘一幅母亲的玉照
刻进我暖暖的心窝窝
会有一种感动融化早春的瑞雪
那是我炽热的爱轻轻地述说
我要对着黑色的土地深情地呼唤
雪落北方大地飞歌

回家的路

我梦见村头的大槐树
孤零零地站在朔风中
双目无神面色沧桑
头上仍然挂着儿时的月亮

我的外婆佝偻着身子坐在火炉旁
抽着旱烟袋望着健硕的外孙
眼睛笑成一条缝
满头银发像花儿一样绽放

天放晴了 白雪铺就的山路弯弯
漫山遍野都是明媚的阳光
长大的邻家女孩漫不经心地瞥我两眼
俊俏的脸蛋照耀了我的心房

母亲把积攒一年的唠叨
和热乎乎的饭菜一同端上
父亲盯着我看了又看
像看年轻的自己那些青葱的时光

回家的路是雨后的美丽彩虹
是雄鹰掠过风雪后的心胸激荡
是相隔千山万水也难以阻挡的信念
即使伤痕累累也面朝家的方向

聚

1

八十岁的老父亲
和雪花在生日里相逢
亲人的声声祝福
感染了时光流淌着温情

此刻,我的祝福
像潮水涌来
我愿意用坚实的臂膀
托起分分秒秒的幸福

2

美丽的女儿
用优雅的仪态和夜莺的声音
诠释喜气洋洋直播亲情永恒

相机定格的温馨画面
润泽了每一颗心灵

飞翔的蜻蜓是我的思绪
那是回眸春天的眼睛

3

父亲和母亲不再年轻
言谈和微笑间
抖落岁月的尘埃
凝视浩瀚的星空

和春天永远有个约定
用踏实的脚步丈量岁月的时空
用火热的胸怀寻觅柳绿花红
用我歌唱生活的炽烈
用我掷地有声的真诚

沿着月光回家

1

站不起来了
月光下，树影婆娑
稀稀疏疏的月影间
低眉浅笑品茗幸福

2

鸟儿的翅膀挂满冰霜
写意厚重的冬天
对于春暖花开
是不懈的东风

3

我的语言喝断寒冷
我的目光是热气腾腾
走在希望的田野上
恨也曾经，爱也曾经

4

岁月的风铃声
唤醒最初的朦胧
遥望春潮滚滚
踏碎遍地歌声

5

把白云朵朵放飞流火
燃烧岁月最后的清明
落英缤纷搁浅的时光
你的娇羞,我的爱情

别

1

落霞烧毁山峰
血迹斑斑的故垒西边
故园的炊烟袅袅。母亲的叮咛飘远
青草的味道覆盖腐朽和黑暗
月光下,父亲在给马儿喂草
青春洋溢的脸,矫健的身影
那时候我坚信,我不长大
父亲不会变老

2

姐姐如花似玉的容貌
招来很多男生如狼似虎的目光
穿戴最美丽的花衣裳花围脖
打着头扭着大秧歌
被众多的男女老少指指点点
而母亲的脸上挂着自豪的微笑
也许是一场暴雪,淹没了青春

当年唱样板戏的教室
最后变成养猪场

3

风起的时候，还你练习册
你小声地说，庐山恋真好看
张瑜真好看，然后脸色绯红
我说你比张瑜还好看
你怔住了。然后转身就跑
多年后我才知道，应该去追
当时少不更事，缺少爱的发声练习
姐姐说，这世间的爱情是场马拉松
必须咬着牙跑完全程

团聚

吃着婆婆丁蘸酱菜
我提前咀嚼了春天
喝掉鹿茸浸泡的高粱酒
团团圆圆欢乐相伴

母亲家的灯笼花开满枝头
洗涤了我一个冬天的目光
在遥远的千里之外
东来的春风已经长出翅膀

姐姐讨论婚姻和家庭
敲打着年轻人的耳膜
虽然听众寥寥
声音却高亢洪亮

我要把自己喝醉
听父母亲回忆往昔的时光
想象年轻的父亲健步如飞
我那时还是小小儿郎

酣畅淋漓处高歌一曲
讲述我的情怀我的北方
当杏花雨淋湿了黑土地
携手相约鸟语花香

我要背起行囊扬帆起航
感受无际海天浪花千行
每一滴蔚蓝都记录远足的艰辛
海鸟划过山高水长

浩瀚的心胸总有小鹿碰撞
浪漫的故事总是流浪远方
走进你走进我
相思之痛不只离殇

必须有一个世纪之约
给未来永远的想象
如飞鸟衔来青青草原
美丽的春天幸福吉祥

告别

玉米秆拔高的时候
在深夜里咔咔作响
蛙声一片连着一片
初夏火热的风
遮挡了飘浮心事的月光

母亲把我爱吃的饺子热了又热
数落着我的粗心
指出了我的不足
仿佛我还是二十岁的毛头小子
像一头野牛横冲直撞

女儿似乎长大了
爱照着镜子化点淡妆
那两只淘气的小猫儿
无忧无虑地四处奔跑
撕扯我狭小而又温馨的书房

很想去一个僻静的地方
面对一弯溪水种无数颗太阳

每一个梦醒时分都风轻云淡
笑看花开花落
蓝天白云源远流长

生命中有太多的辞旧迎新
就像给岁月添一件梦的衣裳
每一次回首告别都肃然起敬
那是青葱葳蕤的生命
在平淡的日子里晶莹闪亮

把逝去的日子扔进火炉
在钢花飞溅中重塑一个梦想
每一次雁阵昂首抖动翅膀
都是我浪漫的情怀和思念
在天地之间高高飞翔

小年

在远方和地表深处
有一股春潮
悄悄地聚集
准备向东北的东北
发起一次冲锋

除陈纳新
新的希冀和期盼
就着热腾腾的饺子
伴着雪花慢慢飘来

年的味道越来越浓
购买红灯笼和对联
悬挂在守岁的漆黑夜里
盼望明年的顺意
和五谷丰登

母亲还和四十年前一样
蒸了一锅又一锅粘豆包
等她的长子胃口大开

不知道儿子减肥进行时
吃什么都蜻蜓点水

父母怕孩子吃不好
张罗一大桌子菜肴
大家都是营养过剩
每天纠结着怎样管住嘴
小心翼翼地称量着体重

过年的意义在于团聚
瞧着父母亲舒心的笑容
重复听他们当年的励志故事
那是岁月馈赠的青春奖章

小年是春节的序曲
是千万里风尘仆仆的归期
是望断天涯的思念和等待
是母亲转过身去
盼儿回来的满眼泪花

小年是辞旧迎新的开始
给过去和现在一个微笑
给未来一个婀娜多姿的憧憬
然后敞开胸怀面向晨曦
拥抱明媚的阳光和温暖的风儿
徜徉在梦开始的地方

很久以前

很久以前
父亲挑着扁担
单薄的身躯在风中摇摆
像担着两座大山

朗朗的读书声从教室内传来
里面坐着和父亲同龄的少年
父亲收回羡慕的眼神
迈开脚步沉重地挑起明天

很久以前
我在师范的操场上单手灌篮
惊艳起一片赞叹的目光
像骏马飞奔出美丽的弧线

父亲在另一个城市做着小生意
总唠叨知识改变命运
我是他飞翔的翅膀
他是我梦想的支点

很久以前
我们开车经过秦皇岛山海关
在烟台吃着同学宴请的海鲜大餐
父亲话语不断

在天涯海角的归途
踩着金色的海滩
绿树红花
明媚了父母亲的笑脸

不久以前
父亲对我说
幸福不是想要的太多
而是平和简单

知足常乐不是退步
心宽体健走过流年
所有的日子都会成为记忆
唯有真诚与爱感地动天

新年

我把笑靥幻化成雪花
萦绕你的发髻和胸前
世界洁白而又柔美
你的新年 我的新年

心灵的溪水一直流淌
在寒冷之外在温暖之前
渴望清风拂柳山花羞艳
你的春天 我的春天

目光坚定在远方
山峰高耸一色海天
大雁正在有序回归
你的思念 我的思念

七月似火燃烧迷人之夏
大地飞歌只在豆蔻华年
几分耕耘就有几分收获
你的企盼 我的企盼

辞旧迎新的时刻许一个心愿
唯愿快乐和健康岁岁年年
家国情怀召唤凌云壮志
你的誓言 我的誓言

人到中年

人到中年像喝了半壶的老酒
热心热肺的汗水沁出面颊
一声响亮的喷嚏打过
慌乱了笔直的炊烟

收获的喜悦把疲惫撑得满满
知了和蛙鸣吵醒了中天的圆月
往事像溪水潺潺流走
过了多少年 今夕又何年

牧羊的长笛驮起你这小小少年郎
绿草和花朵明媚了春风
土地和河流承载了父亲太多的心事
你把双脚踏在田埂上踩碎了阳光

秋兰飘香的时节你牵着恋人的手
走过故园的土屋寻找喊破的童音
那个淘气小子的身影
消失在山林抖落的溪水边

爱情曾把青春季燃烧得滚烫
你忘我工作　不改初衷
花前月下的往事飘淡飘散
再回首青春的故事已然走远

人到中年啊人到中年
体魄依然健硕理想依然丰满
每一声深情的呼唤都是爱的祝福
每一首豪迈的歌声都是走向明天

一路向北

南方的雨季
淋湿过我所有的疲惫和目光
我头戴钢盔骑着摩托
把包裹送到大街小巷
我闻到了自己汗流浃背的咸味
像盐碱滩似的漂泊在这个城市东奔西闯
我也寄过两次包裹
给我女人的花裙子
给我女儿的白熊玩具
我把想念飘过万里山川
送到我温馨的家里我的北方

而今我已订购返程的车票
带着我鼓鼓的钱袋和行囊
我要跨过长江一路向北
触摸熟悉的乡音雪花的飞扬
我要吃一顿酸菜馅大蒸饺
看一场风花雪月的电影
领着我美丽的女儿
穿过北方寒冷的悠长

一路向北心在北方

在这块神奇的土地上

有生我的故园有疼我的爹娘

有年味里菜肴中散发的热气腾腾的梦想

在路上

一年的流离奔波
疲惫和思念一直写在脸上
经过南中国海的旖旎风光
挺拔的椰树和通红的花朵
我看都没看上一眼
我的行囊太沉重了
我弓着身子像骆驼一样踽踽独行
没有驼铃只有汗水哗哗流淌

想念家乡东北的大火炕呢
躺下伸直腰身
烙掉所有的疲倦和忧愁
而母亲喋喋不休的絮叨
会像小作坊制造的红高粱酒一样
绵长而又温热
在热炕上我会光着膀子喝酒
喝醉所有的旧时光

日子像南飞的雁阵
然后再北回还

折腾过多少个春夏秋冬
父亲母亲就老了
于是我日夜兼程归心似箭
带着几枚南方的红果
让戴着假牙套的父母亲尝尝
我把辛苦和委屈烂在心里
我会满脸笑容地说
这一年　真的很好

这一年

雪花在这个东北之东北的城市
肆虐了整三天
白雪公主变成了白发魔女
行人像鹿一样紧步疾走
汽车像乌龟一样缓慢爬行
飞鸟冰冻在树杈上变成晶莹的标本
目光被雪花锯成粉末
缤纷在飘渺的世界

秋天依然在父亲笑呵呵的皱纹里
十五的月光点燃每个家庭的企盼
团圆团聚是岁月的粘合剂
把家庭和心灵的裂缝弥补如新

夏日的翠绿打印在蜻蜓的翅膀上
飞舞的蝴蝶迷惘了多少旧光阴
炊烟冲天而起碰倒了朝霞
有多少火热的思绪飞到远方

春天就是遍地河流满目羊群

高天上的云朵就是梦想中的恋人
为了在这一刻绽放美丽
我咽下四季的风雪疲惫的忧伤

九九重阳

我梦见了父亲
砍柴在山上
跳跃的青春身影
洒满月光

我梦见母亲
打谷在麦场
汗水在美丽的笑靥间
嘀嗒流淌

有一天清晨
我回头张望
父母亲搀扶着走来
衰老了时光

照一张全家福吧
把浓浓亲情装满心房
带着爸妈的叮咛远足
秋色正好扬帆起航

九九重阳
九九重阳
父母之爱天高地厚
血脉贲张

九九重阳
九九重阳
双肩背负家国情怀
走向远方

九九重阳
九九重阳
让理想长出羽翼
在蓝天白云间飞翔

今夜月圆

1

今夜有一轮满月
悬挂中天
青春中国
处处是团聚的笑脸

把爱和思念
一一斟满
对着这如水的月光
还有灯火阑珊

为中国梦加加油
给习大大点点赞
凭勤劳创造幸福
理想需要汗水浇灌
站在泰山之巅
和黄河一起呐喊
今日之中国
昂首挺立字正腔圆

2

今夜月圆
仔细瞧瞧
父母双亲慈祥的容颜
给岁月留个影吧
让时光作证
亲情永远

此时我弹起吉他
唱一首歌儿
有高山有大海
有大鹏展翅
掠过星空的浩瀚
岁月永远年轻
父母亲永远健在
而我愿做报春的鸟儿
为你们衔来
绿草花朵和蓝天

3

今夜月圆
相望无眠
秀秀我健硕的身材
还有壮志未酬的心愿

打开记忆之门
晾晒青春的书简
咫尺天涯的距离
我们回不到从前

你邮来南方的黄米酒
我寄去北方的五花山
天涯共此时
美丽神州幸福家园

我点燃礼花的璀璨
祝福映红亲人的笑脸
岁月和信念不老
幸福和团圆无边

写给女儿的生日歌

1

你在秋色中降生
窗外是如水的月光
我注视你
黑葡萄似的大眼睛
激动的汗水
在面颊上流淌

给你洗尿布
给你哼唱儿歌
无限的父爱
在这个秋天里疯长

给你读童话
给你读唐诗
讲讲白雪公主
说说大灰狼

当你开始蹒跚走路

并咿呀学语
漫天的白云都在微笑
爸爸的心里充满阳光

2

你扎着两根小辫子
迈进了学堂
我骑着自行车
带着你寒来暑往

学习朗读
弹奏吉他
一首英文歌曲
惊诧了所有同学的目光

少女的梦
五彩斑斓
在知识的海洋中
汲取营养

走过多少个春夏秋冬
我们迎着朝霞送走夕阳
当春雨淋湿第一片绿地
雨伞下走来美丽姑娘

3

交往时懂得礼节
困难中知道坚强
酷爱读书
能写出细腻生动的文章

喜欢帮助他人
曾经拾金不昧
美丽的好女孩儿
老师多次这么表扬

感叹过月缺月圆
讨论过青春理想

当冰川滚滚东去
绿草覆盖恰同学少年
曾经的欢乐和忧伤

女孩子也要顶天立地
美丽的云朵
就是你青春的衣裳
当笑脸鼓起所有的风帆
你前行的背影
永远有爸爸疼爱的目光

回家

最长的爱恋是牵挂
你在故乡等待
我迷失在天涯
疲惫的目光
被焦虑燃烧
掠过春秋冬夏

最美的旅途是回家
故乡的明月
已经长出乳牙
而女儿会像喜鹊
围绕我欢笑
叽叽喳喳

回家
江南的海风和阳光
吹透我黝黑的面颊
回家
八千里路云和月
有我的心之语
有我的爱之花

卷二：

故园之恋

冰凌花

被坚硬如铁禁锢的身体
挣扎着挣扎着
一个漫长冬天的梦
即将化蛹成蝶

迷茫过太久太久
连鸟儿都知道冬天的冷
倔强的身躯在坚冰中挺立
渴望心暖望断春风

在寂寞的夜晚
哼唱母亲的童谣消融寒冰
曲调传遍千里万里
把梦想放逐浩瀚星空

流水的时光记录着鲜活的生命
多情的土地敞开不老的心胸
那抹鲜嫩和鹅黄
是我的笑靥绽放在你的梦中

踏着冰天雪地依然远行
寻找梦的花朵曾经的感动
每一朵冰凌花都闪亮晶莹
那是北方走向春天的眼睛

白月光

1

心事
遗失在白皑皑的雪野
恍恍惚惚
任记忆飘向远方
白天和夜晚似乎没有区别
一望无际的万里雪疆
两滴清泪
吞噬了洁白的月光

2

外婆的心事
在这个十五的夜里疯长
这是难产去世大姨的忌日
老人喃喃自语
大丫头啊,你在那面冷吗
白发人送黑发人
仰天长叹,惟有泪千行

3

我一度怀疑
弱小的外婆怎能生出体壮的大姨
过日子精打细算
办事有板有眼雷厉风行
勤俭持家养育众多儿女
独自撑起大半个天空
淡定从容

4

每每路过大姨的坟茔
外婆都去坐一坐,不肯离去
抚摸黑土,小声地自言自语
最后颤抖地点上一袋烟
不期而至的春雨
淋湿满腔的思念
还有通红的眼睛

5

每个人的心里
都有一片洁白的月光
在无人的窗前惆怅
今夜无眠
三百六十五个日夜星辰
有拥抱晨曦的意气风发
有拐角转弯处
黯然地神伤

冬月

那口年猪
躲不开第一场大雪
躲不开父亲狡猾的微笑
和蓄谋已久的磨刀霍霍

猪肉血肠炖酸菜
醉了冬月 香味灌满土坯茅草老屋
男人们在吆喝着拼酒
酣畅淋漓后房屋随之摇晃

母亲给我买的新衣裳已经上锁
被包裹着压在柜子的最里面
不许我穿 怕过年弄脏了
而窗外邻家女孩已经穿上美丽的花衣裳

外婆把积攒了好久的两元纸币
悄悄塞在我的手心里
她怕别的外孙们看到
她说我将来最有出息

外公还在读着他的《三国》
眼睛几乎贴在焦黄的书页上
动情处　老泪纵横
喃喃自语着　天下没有永远的英雄

写给毛泽东

你诞生在辞旧迎新的隆冬
在后面靠山三面环水的韶山冲
一位新生儿的呱呱坠地
一位改变中国近代史的千古英雄

文韬武略兮一世英才
器宇轩昂兮帝王尊容
几起几落　壮志不改
浓重的乡音唱响了北京城

苍天不老因为苍天有情
金戈铁马都是爱的回声
畅游长江总有豪迈的诗词
弯弓射大雕总在千里冰封

蝶恋花流淌你的侠骨柔情
到韶山书写你的大爱心胸
文章总关千古事
新中国百花齐放百家争鸣

你是丰碑永远矗立亿万中国人的心中
无论是北方的雪还是南来的风
到处述说你的传奇你的伟业丰功
青春中国需要毛泽东思想做引领
各个领域的雾霾都要肃清
为了中国梦想为了华夏腾飞
我们手挽着手肩并着肩
开始一次史无前例的新的长征

周恩来

你走的时候
群众的泪水淹没长安大街
炯炯有神的目光和瘦弱的身躯
深深镌刻在亿万人的心中
你是近代中国最英俊的男人

留学过法兰西
追求过爱情的浪漫
当山河破碎
毅然加入革命的队伍
拯救病入膏肓的中国

你微笑的大胡子
在长征路上成为风景
侃侃而谈的据理力争
曾令对手为之动容

出访亚非拉
我们的朋友遍天下
中南海的灯光

总是无眠到天明

没有子女 没有遗产
骨灰撒在中国的大地上
每一声鸟语 每一朵花香
都是你纯洁的灵魂在歌唱

从你和毛泽东开始
中国人学会挺起胸膛走路
你谦谦君子的风度里
有坚定更有尊严

泊

1

站立得太久了
雪花漂白我冰冷的心房
觅食的野鸟栖息在我的身上
伴随着低沉呜咽的江风
还有冷漠的淡淡的月光

我的心长满荒草和凄凉
在无人依靠无人陪伴的夜晚
霓虹把孤单的影子拉细拉长
母亲的呼唤似乎还很遥远
我已忘记自己当初的模样

2

城市其实是一把钝刀
一点儿一点儿割下我青春的时光
每天忙碌的脚步踩扁了日子
静坐夜色里的小酒馆

喝一杯热酒温暖胸膛

忽然有一天在故园守望
老去的亲人唤起多少温馨的往事
多少有声有色的故事慢慢回放
而我徘徊在醉生梦死的城市
还没来得及感受痛苦和忧伤

3

终于等来了这一天
绿草和溪流包裹了成群的牛羊
正在把心事放逐于星空
布谷已经衔来第一缕春光
有爱有温暖的地方就是天堂

那么就开始出发吧
搀扶我夕阳中的爹娘
把幸福挂满所有的橱窗
有爱的日子岁月不会老去
漫山的红杜鹃正昂首怒放

翅膀

1

飞越过关山万里
却飞不出自己的心魔
在梦醒时分,有一种窒息
把挂念撕扯得满目疮痍

2

雪花覆盖的不只目光和心事
也有一丝丝的倒春寒
在貌似笑容可掬的阴影里
碰撞成一个个冷颤

3

该来的一定会来
该走的一定会走
有绵绵不绝的春雨
扰乱伫立窗前的沉默寡言

4

我还会在春天的晨曦中走过
把思绪抖落成滴滴露珠
洒在你慵懒的窗前
往事遁入泥土,梦不再醒来

5

你不会再找到我
我已经拥有天使的翅膀
掠过一望无际的林海
迷失故园一片汪洋

6

真的不知道
庄稼的成熟期是多久
我仿佛看见饱满的向日葵
在艺术的橱窗里忸怩的假象

7

母亲老了,总是自言自语
儿女就是爸妈的翅膀
如一首古老的民谣唱来唱去
晨光里的青春,搀扶中的夕阳

8

人这一生不在于飞的有多高
最重要的是有一双坚硬的臂膀
扛得住暴风骤雨
容得下万里朝霞

9

有那么一首缠绵悱恻的歌儿
润泽春雨,犁出刚强
流淌在人生四季的血液中
潮湿了灵魂,深邃了目光

清明

1

如雪的梨花,开遍思念的枝桠
细碎的雨滴散落大地
天空灰蒙蒙的
雨打梨花,带着些许的凉意
爬上忧伤的额头踏青
雨也清明,泪也清明

2

记忆的闸门被重重地推开
回望一路走来的历程
开心的笑切肤的痛
总会撞击岁月的风铃
那就喝个酩酊大醉吧
醉也清明,醒也清明

3

春天已经把触角伸向天空
云朵和彩虹记录着大地的心情
沉默的山谷慢慢地睁开了眼睛
流动的风倾诉春之美
夏之热和秋天的收成
悲也清明,喜也清明

4

悲伤会沉淀岁月的温暖
眼泪会滂沱成清脆的鸟鸣
亲情似水漫过岁月的围栏
缕缕馨香萦绕千帆风竞
给思想一个注解,给生命一个回应
何时清明,今又清明

那时，我还小

1

数九寒冬的日子
我打着冰尜
把时光抽打成太极八卦
阳光照到身上有一丝儿温暖

大人们喝着烈性酒
讲着男人和女人的故事
一个漫长寒冷的冬季
在臆想中迎来春风

2

春风瘦了冰雪和河流
憔悴了外婆蹒跚的脚步
大黑狗紧跟在我身后
度过青黄不接的日子

课堂上，我声情并茂地朗诵着古诗

昂扬的旋律陶醉了南归的雁阵
它们用嘎嘎的语言回应四月的春风
把飞翔万里的路途高声品读

3

我站在宿舍外等待女学霸
交换练习册成了每周的必修课
我不知道我的作文有多好
只是她解析几何的步骤简明又准确

后来,她说月光很美
我说,你看那颗流星
多年以后,相约故地重游
春雨,下个不停

寻找

有一群失散了三十三年的孩子
陆陆续续地回来了
他们到富锦师范寻找
曾经火热的青春时光

母校近四万平米的校园
已经面目全非
高矮不一的楼群
填满了曾经的空旷

那个跑遍校园无敌手的野小子
这个高歌一曲唱醉杏花的疯丫头
步伐沉稳地走来
早春的阳光把中年的身影拉长

在831班的教室里
我朗诵过《致橡树》
在雪夜的小路上
牵手初恋，慷慨激昂

也许岁月是位雕塑师
雕刻出丰满的身材和眼角的皱纹
也许岁月是位思考者
再回首,黯然神伤

青春是一首奢侈的歌儿
轻轻吟唱,泪洒千行
青春是匆匆的过客
打开记忆之门,醒来已是两鬓飞霜

故园(组诗)

1.表兄表妹

同桌共饮
时光漫过
四十余年
探讨婚姻和家庭
争论忠诚和背叛
一张张成熟和模糊的脸
都不是
最初的小小少年

2.重症

嫂子躺在病床上
挂着三组不同颜色的瓶子
白的黄的液体
缓缓进入血液中
嫂子瘦了四十斤
握手告别的时候
她哭了

她说拥有整个世界
都没有什么用途
拥有健康的身体
比什么都重要

3.女儿和猫

两只猫
白猫和花猫
没人搭理
就喵喵地叫
眼睛总盯着主人
没有自己的思想
亦步亦趋
没有自己的道路
太年轻的女儿
溺爱着两只猫
我忽然悟到
这或许是从青涩到母爱的
过渡

4.酒

喝了一整天
说了太多话
最后只剩下
不知所云的阳光
头有点晕
脸色微红
只想发个信息
证明自己依然在地球上
亲情的粘合剂
在岁月之外
不曾指鹿为马
总是朴实天下

5.不想说

露水不想对青草说
我的美丽

因为你的高度
多么逊色
溪水不想对山路说
你的委婉曲折
让我汗流浃背
一路奔波
平淡不想对激情说
没有轰轰烈烈
你无精打采
我梦断山河

歌声

那首耳熟能详的歌儿
洋洋洒洒飘过了多少年
像流星像春雨像雪花
深夜里触动某根心弦

携手走过的青青校园
脚印和背影已经随风飘散
唯有这优美的旋律
哼唱起来仍然温暖

记忆的闸门轰然打开
很多旧时光清晰而又遥远
在舒缓又高亢的歌声中
有你清脆的声音朝霞般的笑脸

少年是羚羊奔跑在无际的草原
青年是双桅船只为理想和爱情扬起风帆
而被歌声浸泡过的中年
是春雨后的清新 微笑后的恬淡

伴着歌声回家 旅途不再遥远
放逐心事于星空 总是这天色蓝蓝
每一个日子都值得珍藏和歌唱
如婉转的百灵 如怒放的杜鹃

梦童年

我的速度无人能及
为了追赶姐姐
特别是姐姐漂亮的女同学
我曾跑断过远山

跑着跑着我就迷路了
又不想向外面呼唤
怕那个漂亮的女生嘲笑我
嘲笑我是懦弱的小男人

后来我躺在大石头上睡着了
梦见自己在绿草和鲜花中
牵着那个女孩子的手
走到溪水潺潺的河流旁边

女孩子羞涩地望着我
我抬头看着蓝天白云
女孩儿弱弱地问我看什么
我说在看孙悟空大闹天宫

后来天空下起了大雨
我们拼命奔跑找避雨的地方
跑啊跑啊我把女孩儿跑丢了
睁开眼睛看到满天的星光

我听到父亲在呼喊我的乳名
好像还有姐姐哭泣的声音
他们的胆子太小了
打碎了我童年最美丽的梦

故乡

爬山虎漫过
母亲生我的土坯房
六棵果树像母亲生育的六个孩子
结满秋天的欢笑
向阳光的一半通红
背阳光的一半翠绿
我同桌邻家美丽的小女孩
看都不看我一眼
怯怯地盯着那熟透了的果实

马车碾过多雨的秋收
父亲扛着装满小麦的大麻袋
依然脚步如飞
我徘徊在女孩儿的家门口
想来一次漫不经心的偶遇
狗儿“黑豹”跟在我身后
它长大了
它战败了村西的“大黄”
它现在是村中之王

我多么希望一下子长大
娶这个村子最美丽的姑娘
我用力大无穷的臂膀
摔倒众多的竞争者
美丽的姑娘谁也不看
紧紧地拽着我的衣角
低着头默默无语
我设计了几个入洞房的方式
因为这是秘密
我没让任何人知道

故乡是我曾经的寻找
故乡是我稚嫩的目光
故乡是土坯房里无忧无虑的童年
故乡是喊破远山的回声
故乡是心灵的绿地
每次回首
都鲜花朵朵荡气回肠

豆腐

心事已经漂流不到远方
没有农药化肥的大豆秆儿
在秋风中微微低下了头
春天的布谷叼走了少年梦想

三江平原一望无际的黑土地
被犁铧翻腾得滚烫
细细的斜斜的春雨
打湿了父亲疲惫的目光

被蒙住眼睛的小毛驴
拉着磨盘走了一圈又一圈
当它仰天长啸想念同伴的时候
磨盘的缝隙中哗哗地流淌出白色的豆浆

用卤水轻轻一点
挤压掉太多的水分
满是煮熟飘香土屋的豆腐
把我的童年喂饱喂壮

当我青春的脚步飞奔在运动场
城里的孩子只能望着我的背影暗自神伤
最质朴的东西往往最金贵
如一杯清水如一瓣花香

大师兄

你的声音
听着依旧声如洪钟
有一种温暖
穿越时空

恰同学少年的画意诗情
历历在目
如昨日
往事没有随风

师姐走的时候
你憔悴心痛
曾经美好的初恋
如歌如梦
化作彩蝶渐行渐远
最后消失无影无踪

应该来一次相逢
兄弟们继续高谈阔论
忽略所有的喜怒哀乐

喝醉月亮和星星

醉也人生
醒也人生
铭记诗心的豪迈
只要能站着走路
永远抬头挺胸

人生就是一场旅行
走过生命的每个驿站
总有我们的仰天长啸
总有我们的侠骨柔情

大寒

在小寒之后
有一种冷颤叫咬牙切齿
路人行色匆匆
各个面无表情
快言快语的小孩子也保持了缄默
寒月冻僵了所有的笑容

冷漠的心绪长满了枯草
结下厚厚的惆怅和寒冰
溪流和花朵是很遥远的记忆
在目光之外
雪花冰封

黑夜被冻伤了眼睛
黯淡的星光
醒也朦胧
醉也朦胧

晨曦躺在云朵里
岿然不动

心事游荡得太久太远
盼望着在幽静的小路上
不期而遇地相逢

我的故事不仅仅是寒冷
也有七月似火的炽热
也有细雨中山的清新和空濛
沿着我的目光来找我吧
踏一路冰雪洒一路春风

腊月初九

跑了十公里之后
东北风把视线抽打成模糊的光影
呼出的哈气冻成冰花
挂上星星的眼睛

又要下雪了
遥远的心事似蒸汽凝结成冰
在某个时间的节点
找不到最初的笑容

洋洋洒洒的不只是柳絮
有些往事时常光顾梦的星空
也许会在心痛中沉沦或者醒来
漫长的等待短暂的相拥

总想走出时光的藩篱
走出这雪野走出这冰封
唱一曲大江东去都是水
梦也春风醉也春风

那就静下心来慢慢地走
人在江湖何处都是相逢
吃一顿火锅烫一壶老酒
让最冷的日子热气腾腾

卷三：千种风情

图为作者刘兆国的女儿刘皓明

如果有一天

如果有一天
月亮把秋水望穿
清澈的湖水
映下你的娇美容颜

如果有一天
心痛于无眠的夜晚
请穿上你的棉衣
立冬之后日子正寒

如果有一天
歌声唤醒思念
寻找你的归途
我不知道怎么转弯

如果有一天
绿草划破千里冰川
不期而遇的你我
是不是话说从前

如果有一天
醉酒在寂寥的夜晚
我一定摘下满天的星光
装点你的世界璀璨无边

静夜思

1

步履蹒跚走向霓虹
口出狂言吓退东风
今夜,城市醉了
左也朦胧,右也朦胧

2

永不停歇的脚步
穿越理想的时空
总要挽住无情的时间
苦也从容,乐也从容

3

燕雀用翅膀吵醒黎明
日出东方今日有晴
离家的航船渴望归途
有爱的日子,海阔天空

4

黑色的土地以绿草为荣
花开万朵笑纳八面来风
我和北方的春天正在约会
用万言的书简,描述钟情

5

孤月悬挂在寂寥的夜空
萤火虫点亮故园的历程
举杯邀一盏清幽的思念
春去春回,梦醉梦醒

花开北方

1

天空用淡蓝的帷幕
打开北方四月的晨曦
风儿被涂抹成暖色调
摇动沉睡群山的背影

白茫茫的雪野悄悄融化
似乎在述说冬天的雾凇
洁白无瑕的美丽童话
再回首,往事缀满归程

2

绿草在雪被下睁开了眼睛
把编织了一个冬天漫长的梦
羞涩地向春雨告白
动情处闪烁泪花
笑靥中期许几度

紧紧拥抱这黑色多情的土地
紧紧拥抱美丽的松花江
紧紧拥抱一望无际的林海
用无垠的绿,画满北方的希冀

3

被源源不断的桃花水
浸泡过的各种树木
争先恐后地开满枝头
杏花的白儿、粉儿,樱花的红儿

花蕾攥起小拳头
宣告北方春天的开始
我会和花儿谈一次恋爱
她的娇艳纯美,我的炽热真诚

春分

1

我已经被冬天冰封
冰山上盛开的雪莲
是我无邪的笑容
我已经被朔风阻挡
熟睡中的春暖花开
是遥远又遥远的曾经

2

鹅黄色的冰凌花
在早春的崖壁上
寂寞花开无声
天空越来越高越来越蓝
渴望一场酣畅的春雨
迷失夜色中的星空

3

春天木讷地站在北方的街角
没有浪漫的情话
没有闪烁的霓虹
雨夹雪中的夜归人
孤单影只恋恋风尘
双眼无神,失恋和酒精

4

春天被揉搓成无休止的碎雨
柳儿扶着思绪
相思沾染桃花粉红
干了一杯又一杯高粱酒
我必须登上春天的列车
看牛羊成群,听牧笛声声

5

把春天打扮成杨柳细腰
打扮成花枝招展
打扮成单纯可人一缕清风
然后站在十字街头
弹起我心爱的吉他高声歌唱
岁月不老,绿草青青

相约

1

树木与河流相约
阳光温暖的早春四月
我的枝条长满翠绿的眼睛
你的清澈盛满朝霞朵朵

2

喜鹊与喜鹊相约
在树梢上翩翩起舞
抖落严冬的冰雪
把暖暖的爱,大声地述说

3

绿草与晨露相约
用晶莹捧着无数个太阳
把对土地和森林的思念
放飞天边的云朵

4

大海和白帆相约
相拥走过一生一世
你有你坚韧的信念
我有我湛蓝的思索

5

晨曦和晚霞相约
天空的帷幕,我开 你合
我在地平线上亲吻了花朵
你在夜色中醉看霓虹闪烁

6

历史和未来相约
过去是一面镜子
前行的路上有掌声和笑脸

也会有荆棘和坎坷

7

少年和老年相约
风风火火的红领巾
还没品味够青年和中年
就老态龙钟后背微驼

8

我和你携手相约
永远用青春的姿态丈量岁月
日落就喝酒,日出就劳作
每一条小溪,都是我欢乐的歌儿

那时春月扰

1

我降临世上的第一声啼哭
惊醒了窗外的明月
父亲满脸通红像一个醉汉
痴痴地看着襁褓中的我

2

拥抱在皓月当空的夜晚
诺言像群山一样巍峨
羞答答的月亮可以见证
曾经青春爱情的火热

3

我曾想喝掉万里冰河
让绿草如茵花儿朵朵
我要赶着父亲的马车
接你到远离尘嚣的星座

4

我用目光点燃千年冰雪
让青春的诺言凤凰涅槃
给彼此一世的凝望
给生命一个美丽的传说

5

今夜,我以浩瀚的森林为琴
蔚蓝的海洋为瑟
把记忆缤纷成五线谱
唱响你的春天我的歌

等

1

也许划破彩虹滴下的血
醉了叶绿,更醉了花红
望断船帆。海鸥飞翔
密密麻麻,如曾经的往事
对着大海,对着蔚蓝
轻轻的一声叹息,如风
也许已经过了千年
视线模糊了,最后的等待是
孤影

2

这场雪,飘在冬天之外
春天之里
以一种娇美和轻盈
静静地融化黑色的土地
绿草和花朵不会记得曾经
我会在春天的一隅给你写信

有一缕缕悠悠的爱
在夜深人静的时候
疼痛

3

初夏的风。轻抚森林的笑容
等待的云和雨失约了
我站在蓝天之上
回眸山脚下的田野,逆光而行
江口的汽笛扰乱冬天漫长的梦
所有的等待都顺流而下
桃花潭水冲淡旧事几许
古寺的钟声敲碎几声清明,几声清静

今夜，我是你的目光

今夜月儿睁开圆圆的眼睛
凝视十三亿人阖家欢乐的场景
观赏璀璨的礼花漫天
聆听此起彼伏的爆竹声声

今夜我要喝下所有的惆怅
相约与美丽的春天结伴同行
与杏花一起沐浴霏霏春雨
思念润泽干涸的心灵

今夜我要准备漫长的旅行
穿越南中国海热带雨林
攀登阿勒泰观塞外飞雪
到玉门关寻找曾经的战马嘶鸣

今夜我要为父母庄重地许愿
慈祥的笑语吹响岁月的风铃
身体依然康健吃嘛嘛香
岁月安好夕阳正红

今夜我要追忆飞扬的青春
为波澜壮阔的日子放飞梦想
难忘相携千山万水
岁月没有泯灭理想和爱情

今夜我要为未来写份预案
迈开脚步迎接八面来风
珍藏共同走过的日子
踏雪寻梅步履轻盈

今夜我是你的目光
久久回味你的善良和真诚
当春鸟衔来绿草和羊群
每一捧山泉都是你快乐的歌声

大眼睛

清澈无瑕的湖水
漫过田间的茅草屋
你凝视我的那一刻
我惊诧了一个夏天
明媚了整个童年

喜欢偷偷窥视你的世界
惆怅时的眉头紧锁
欢笑中的恣意雀跃
像一束柔和的月光
照进我心里的角落

曾经默默地凝视
在青春的风雨中
感受彼此的心跳和悸动
初夏的黄昏携手
是记忆里最美丽的风景

你的大眼睛是枷锁
锁住一个男人最纯最美的记忆

当我和岁月一起走向春天
总有一汪洁净的湖水
涤荡我疲惫的目光和灵魂

情人节,我与春天有个约会

又是一年杏花雨
我站在约定的老槐树下
穿着那件米黄色的风衣
走过来一个个花雨伞
都不是扎着羊角辫的你

你曾坚定地答应过我
春暖花开从病榻上站起
用微笑点燃春天
沐浴东来的风杏花的雨
惬意地吹响调皮的口哨
抖落一片片冬天的记忆

我含泪的目光
模糊了花朵和绿草地
我站得太久了
脸上长满洁白的胡须
我要把自己站成永远的春天
不管风里,雨里

远与近

海洋似乎和天空很远
相隔万水千山
流星划破所有的等待
坠入你的蔚蓝我的蔚蓝

鸟儿似乎与森林很近
每一声啼鸣都吵醒春天
飞翔的翅膀呼风唤雨
承载太多的苦乐华年

蒲公英花开最初的情怀
细细的斜雨洗涤了一个冬天
我穿着黑色的风衣走近你
雨伞下还是不是当初的笑脸

迷惘时我想走过海角天涯
走向地球的深处寻根溯源
哪块山谷能容下我的心事
面对寂寞也曾泪水涟涟

很想在多彩的世界里
慢慢地站成一座山峦
远看无影无踪的雁阵
近看彩蝶恋花芬芳满园

和春天进行一次浪漫的约定
给生命一次有血有肉的访谈
一个年轮的结束另一个年轮的开始
飘雪的北方花期不再遥远

有一种梦想彩虹般鲜艳
闪烁着七色光影在天地之间
共同走近立春的节点
在喜庆的日子里谱写新篇

我的心与你的心很近
我的目光与你的目光很远
如果穿越时空见证奇迹
我愿意为你播种一个春天

很想在今夜将你遗忘

用奔跑的脚步追逐太阳
气喘吁吁吹落满天星光
也许等待会刺痛心中的柔软
挺胸抬头面向东方

一诺千金的重量
压倒孤寂 焦虑和彷徨
每一次回眸曾经的归途
总会有暖流轻轻荡漾

很想在今夜将你遗忘
买一次醉刺破所有的忧伤
姑苏城外迟归的客船迷失在风雨中
已经听不到子夜的钟声敲响

很想在今夜将你遗忘
在寒冷的马路上细数雪花飞扬
刺骨的风一点点吞噬我的火热
这一段旅程我遍体鳞伤

很想在今夜将你遗忘
避开尘世的喧嚣人群的熙熙攘攘
躲进小楼泡一壶茶水
品品当下的日子
想想春天的鸟语花香

很想在今夜将你遗忘
种植一颗太阳在月亮的身旁
即使沉默无声也能互相凝望
有一种陪伴叫地老天荒

心事

深秋冰凉的雨滴
反复敲打红的黄的瑟瑟的树叶
路灯下等着公共汽车的女孩儿
摆弄微信的手指已经冻僵

爱情有时候是一种病
迷乱了脚步迷乱了心房
当第一场冬雪覆盖黑色的土地
孤独的卧室里蓄满了忧伤

时间冲淡最初的海誓山盟
大城市把人挤成微红的烧饼
像蚂蚁从东城爬到西城
麻木的表情没有了水分和光亮

夜深人静的时候举起酒杯
泪水会把面颊燃烧得滚烫
输给了时间也输给了距离
孤僻的心在哪里 纯情的梦在何方

一个人的青春就像一夜春雨
短暂如梦昙花一现
没有陪伴的日子需要一种坚定
总有火热的心跳 总有结实的臂膀

有些事一不小心就忘掉了
有些事会刻在脑海里轻轻回放
把心事湛蓝成大海的模样
用笑容去温暖每一缕阳光

雾凇

来自天外之天的絮语
呢喃了一个秋季
先以霜花的形式
打碎了庄稼成长的梦
用层林浸染的五花山色
托起艺术家的无边想象
文人骚客们的浪漫情怀
大雁纷纷振翅南飞

在辞旧迎新的冬月
吹响地动山摇的集结号角
以漫天飞扬的晶莹妩媚
漂白了树的枝　树的眼　树的眉
万物在阳光下熠熠闪亮
而思绪一直漂泊在远山
追逐过的野鸟何处觅食呢
山崖上的冰凌花是怎样的娇羞呢

雾凇是冬月里的智慧女人
以素颜和素装紧紧拴住男人的心

雾凇是冬月里的童话梦境
用多彩多姿的肢体语言
打开了童心的缕缕想象
雾凇是男人坦荡的眼睛
用纯洁的爱面对这世界
万丈雄心　千般柔情

冰河无声　在静静地伫立着
大地无言　在默默地等待着
在远方　温暖的风已从南海边徐徐走来
在冰雪之下绿草正酝酿着向地表冲锋
我既欣赏这美轮美奂
也在等待着和煦的春风
记住这生命中不期而至的邂逅
互相牵手回眸的一刻就是永恒

礼花

璀璨地绽放
把美丽缀满挚爱的时空
为你的节日放歌
其实这一瞬间就是永恒

走过最初的并肩漫步
述说生命里太多的感动
当雪落北方思绪纷飞
倔强的冰凌花是你凝视的眼睛

在远方大雁谋化回归的路程
一路向北情有独钟
目光掠过千山万水
翅膀撬开喷薄的黎明

每个人的心海里都绽放过礼花
为了感动的时刻为了美丽的心情
为你种一棵幸福树吧
微笑着迎接岁月的细雨和煦的春风

我和你

那场细细的长长的春雨之后
进入我眼帘的首先是晶莹的绿草
清澈的小溪和洁白的羊群
你踩着碎步走过来的时候
绿柳的枝条轻轻地抽打在
你婀娜的腰肢上
美丽的大眼睛忽闪忽闪地转动
明媚了一个春天

从此我的世界没有雾霾和阴云
就着几杯冰啤酒我喝掉整个夏季
淅沥的雨不曾淋湿过好心情
望眼欲穿的从来不是距离
总在忙碌中感受淡淡的忧怨
不曾冷却的心总是向着北方
天高地厚水天一色
蓦然回首目光迷乱在冬天的飞雪中

我和你是彼岸和此岸
生命的船桨划开层层涟漪

总想扛起日子健步飞走
像云朵一样自由自在
此岸的鲜花娇艳纯美
彼岸的飞雪飘满牵挂
我在我的寒冷中挺立坚守
你在你的火热中汗水淋漓
回家的路途颠簸而又遥远
我在我的北方计算着你的归期

苹果

你的浪漫花季
在沉睡了一个冬天之后
在晨曦和露水中姗姗走来
闪烁着七种颜色的光彩

笑靥似温情的少女
直视着远方含情脉脉
蜜蜂儿正闪动翅膀飞向你
观赏你的美采撷你的甜

一场细碎的春雨过后
繁星会缀满天空上的淡蓝
静立在山岗上听溪水流淌
心事像朦胧的远山悠远绵长

那个健硕的小伙子总徘徊在你的身边
流露出滚烫的目光
他喜欢看你青涩娇美的面容
哼唱着情歌扰乱你的心房

当你的面容像醉酒般绯红
天高云也淡微风爽也凉
默默地等待那个小伙子来采摘你
双手捧着你像捧着心中的太阳

思念

像一绺秀发
轻抚你的面颊
痒痒地勾起一串飘逝的记忆
在心海中煎熬成滚烫滚烫

有月挂中天中的甜蜜牵手
有雪花飞扬里的深情吻别
有秋日蛙鸣和知了伴奏下的漫步
有七月流火中汗流浃背泪流满面的离殇
而思念是一台放映机
剪辑和串起最难忘的片段轻轻回放

思念也许是一种痛
徘徊在路灯下夜不能寐
毫无知觉地把嘴角咬出血
傻傻地呆坐到天亮

思念是一种血管贲张
千缕万缕的思绪
被微风吹淡吹散

没有目的空洞地盯着远方

思念是一场轰轰烈烈的醉酒
举杯就干燃烧愁肠
让迷离的心穿过岁月的风雨
慢慢地慢慢地靠近家的方向

思念就是梁祝化蝶的飞舞
是久别重逢后物是人非的忧伤
是放也放不下的一种牵挂
是百转千回处的闪闪泪光

你的南国我的北方

我把四季拧成一首歌
挂在你飞行的翅膀上
穿越万里海疆
在南国唱响

北纬十八度的骄阳
融化你炙热的心房
眼神有些迷乱
刚刚走过比基尼姑娘

五指山纵情歌唱
万泉河缓缓流淌
天涯海角的归途
在鹿回头的远方

我们坐在火炉旁
细数分别的时光
飘流的云河有多远
想念的目光有多长

你的根总在梦幻北国
寒风凛冽雪花飞扬
有你分享的读书会
有你述说的大讲堂
有你娓娓道来的故事
有你朗读的慷慨激昂

把分别化作一杯酒吧
你的南国我的北方
总有我们的诗情豪迈
总有我们的坚定目光

卷四：春秋几度

握手

习先生和马先生
把手伸过窄窄的海峡
掠过六十六年的风风雨雨
紧握一起庄严隆重

湛蓝的大海作证
窗前的明月作证
相同血脉的华夏儿女
永远都是弟兄

手拉手站在一起
我们就是万里长城
心贴心昂首伫立
任凭八面来风

华夏神州总有一个梦
萦绕在国共两党的心胸
大唐的盛世美景
永远是我们不老的歌声

吹一曲羌笛
不怨杨柳
歌一首大江东去
总有我们壮志豪情

五千年的大中国
梦醒于东方
总有大相逢的千言万语
总有大团圆的泪水盈盈

我来自海洋

我的臂膀长过长江
所有的高山和土地
都在我的怀抱中流淌
我的眼神深邃绵长
浩瀚的宇宙星辰
我是那束最亮的星光

我来自海洋
湛蓝湛蓝的
是我纯洁的胸膛
当鲸鱼把心事吐向天空
抖下串串水珠的
是海鸟的翅膀

我既是终点也是起点
我既是寒冷也是暖阳
当妇女孩子遥望迟归的渔船
我和渔夫们一起把渔歌唱响

我来自海洋

我的脉搏是海浪
我的胸怀是汪洋
我的心能装下整个世界
我对你的爱
地久天长

我来自森林

大青石板是我的床
茂密的松枝为我遮挡阳光
在豹子虎视眈眈的觊觎下
我慢慢长出了翅膀
并学会了飞翔

洁净的山泉是我的饮料
奔跑的鱼儿是我的口粮
为了忘却初恋的苦楚
我无数次在大海上徘徊飞翔

曾经与虎为伍
因为年少轻狂
曾经与狼为伴
孤身沦落他乡

感谢骆驼的领引
驼铃声声旋律铿锵
我将邂逅美丽羚羊
相携千山万水
寻找幸福天堂

我来自天空

飞翔的雁阵
是我的旅伴
美丽的彩虹
是我的花雨伞

为了躲避雷鸣闪电
我曾迷失在
茫茫的海天之间
世界是如此之大
我的胸膛没法不
志存高远

海洋森林和蓝天
有时紧紧相连
我愿意做天地的眼睛
观朝霞朵朵
赏山花烂漫

第一场雪

也许天和地
是最大的舞台
当第一场雪花飘扬飞舞
世界都是洁白
曾经的春暖花开
曾经的夏日情怀
曾经的秋日私语
都成了未来的等待

我穿着深色大衣
目光在远山之外
没有阳光的明媚
没有大海的蔚蓝
把心事盛满酒杯
胸膛里总有一声呼喊
如果时光能够穿越
我愿意与你回到从前

我不想挥手
和你分别白皑皑的远山

我愿意把心事放逐星空
把你的目光夹进书简
每一场大雪纷飞
都是一个盛大的礼赞
映山红即将怒放山谷
那是你的世界我的春天

瞒天过海

把真实的想法藏入锦囊
静看西风猎猎万里海疆
斗智斗勇方显英雄本色
钢铁般意志谁能阻挡

爱美人更爱江山
有铮铮侠骨更有寸寸柔肠
回首八千里路云和月
金戈铁马豪气万丈

自古乱世出豪杰
虎目圆睁驰骋疆场
打就打个落花流水
抢就抢个四面八方

寂寞的时候就一坛米酒
面对老去的光阴如血的残阳
心中有千沟万壑在奔涌
想要扯开嗓子含泪歌唱

最爱独自走过雨后的牧场
没有杀戮之声野花静静开放
目光所及的蓝天白云像梦中的童话
布谷衔走一枚枚阳光

邻家女儿已经长成漂亮姑娘
美目传情兮心旌荡漾
我要拥着你走过万里山河
名扬四海光祖耀邦

不要议论我的计谋有多长
瞒天过海要经得起风浪
麻痹敌人的时间也许很久
沉稳大气才是顶天儿郎

马上就要扬帆起航
一战成名蹈海翻江
江湖会有几个不同版本的故事
那是不老的传奇缓缓流淌

如果

1

如果我是一片蓝天
一定钟爱清澈的湖水
讲好多好多浪漫的故事
既跌宕起伏又风轻云淡

讲讲外婆的善良慈祥
讲讲风雨飘摇的故园
讲讲心与心的距离有多长
讲讲少年和老年的距离有多短

每一声鸟鸣都是发自心底的呼唤
对着多情的土地和远方的山峦
有一种等待是默默的注视
最长情的爱是永久的陪伴

2

如果我是一粒种子

一定结出硕红的花朵
明媚你额上的阴云
温暖你一个美丽的春天

我们牵手清凉的夜晚
调侃家长里短也说江山无限
每一声叹息都抖落一片水珠
不经意的回眸,灯火阑珊

我会和你相约永远
用纯洁和真诚谱写爱的诗篇
阵阵柳笛唤醒少年的记忆
梦回故里,今昔何年

3

如果我是一阵微风
一树的桃红就是我的笑脸
黑土地在我的怀抱中睁开了双眼
滴滴晨露托起北中国翠绿的春天

我要赴蝴蝶的浪漫之约
用火热的胸膛燃烧一世的情缘
我可能要飞行千里万里
越过风雨中的沟壑和险滩

给生命一个高高飞翔的证明
给岁月一个永远温馨的纪念
不要低估一颗永不服输的心灵
钢铁般意志伴随苦乐华年

我要和雪花一起飞翔

我要和雪花一起飞翔
广袤的黑土地是我敦厚的胸膛
三江水是滋养我的乳汁
亭亭白桦是我美丽的翅膀

我在黑土地上沉睡得太久
睡姿总是向着春天的方向
姗姗的脚步叩响蓝天白云
潺潺的溪水漫过鸟语花香

我要和雪花一起飞翔
洁白的黑土地晶莹闪亮
无垠的大地雪舞冰封
爆竹和礼花把新年敲响

多少回梦里惜别故乡
那山那水那儿时的月亮
雪地上追逐野鸟
满身冰花的少年儿郎

我要和雪花一起飞翔
浪漫无边淹没你疲惫的目光
让思绪飘过春天的层层林海
布谷声声就是我的歌声嘹亮

走过那片湿地和柞木林
清澈的湖水映衬出青春的模样
理想和爱情曾经比翼齐飞
火热的情怀志在四方

我要和雪花一起飞翔
带着我最初的青春梦想
每天奔跑在黎明之前
迎接华夏东极第一缕阳光

我要和雪花一起飞翔
记录四季的感悟生命的惆怅
每一次春雨淋湿大地
都是邂逅春天的泪花飞扬

我要和雪花一起飞翔
抒写岁月的宁静淡淡的忧伤
每一次花开花落都怅然若失
化蛹成蝶大地芬芳

我要和雪花一起飞翔
弹奏生命的音符信念的刚强
我要和你相约千里万里
柔情似水步履铿锵

今夜，我是你的远山

歌罢一曲是《鸿雁》
还有降央卓玛的《大草原》
闪烁不定的灯光幻影
不是我曾经的夜晚

有一种心痛在灯火阑珊
在朦朦胧胧的月挂中天
天涯咫尺 咫尺天涯
再也看不到当初的笑脸

有一种夜不能寐是思念
有一种病症叫自闭无言
虐待自己画地为牢
目光不再风轻云淡

有一种优雅是转身离开
最好面带微笑苦乐华年
怀念所有的春秋冬夏
你是我的风景 我是你的远山

也许那初夏的故事注定没有结局
包括开始的誓言诺言
现实的生活是一片汪洋
击溃单纯的理想浪漫

也许生命似一叶小舟在风雨中摇摆
喊破嗓子也不能感地动天
满满的祝福伴着你美丽的微笑
用我的秋之韵 用我的海之蓝

一路芬芳

走过千山万水
我们追赶太阳
晶莹的朵朵晨露
凝视着鸟语花香

发出最清脆的声音
把世界和明天唱响
奔跑的脚步从未停歇
一路高歌步履铿锵

曾经把心事悄悄收藏
在盛夏的夜晚细数满天的惆怅
会有一颗流星划破眼角
双眸模糊清泪两行

曾经把青春演绎为疯狂
在子夜的马路上高声歌唱
我要攀登最高的山峰
极目远眺心胸宽广

一路芬芳
优美的曲调在心海中流淌
每一段旅程都有新的故事
和着东风把明天畅想

一路芬芳
在最冷的日子里红梅绽放
心有多大舞台就有多大
岁月会铭记婉转悠扬

一路芬芳
在辞旧迎新的时刻激情荡漾
历史会告诉未来
我们是黑土地簇新的阳光

删除

删除的一瞬间
大脑一片空白
像森林挥别了山峦
像白帆吻别了大海

也许当初的交集是个美丽的错误
像飞蛾扑火
在沉沦中解脱
只为心中最美的花火

山峰和湖泊守望的故事
默默地陪伴胜过万语千言
相携走过荆棘和坎坷
有一种默契叫地老天荒

这块土地记录着我的成长
我的任性我的坚强
站在故园的山冈上跳跃
天外有天，世界是那样高远

离开故乡的时候没有回头
怕邻家女孩依恋的目光
缠绕住我矫健的双足
阻挡我走出大山的脚步

多年后在城市的一隅
熟悉的目光,陌生的青年
人生就是不断拿起放下的过程
果断地抉择,道路会很宁静

相逢于江湖那就相忘于江湖
闲暇的时候把往事
用温水煮了又煮
薄薄的雾气,晶莹了谁的泪珠

挥一挥手,还会再见
你的故事记录我的流年
谁惊扰了原乡的梦
谁在春雨里,喝醉了东风

跑

1

爬过这段漫长的坡
城市就在我的脚下
汗水冲刷岁月的斑驳
晨曦越过楼宇直冲云霄
即使有雾霾缭绕
也要浓妆艳抹
心像七月草长莺飞
忽略最关切的目光

2

等待得太久了
一个冬天单调的颜色
淹没了太多的视线
当小巷中绿草如茵
花雨伞花裙子的你
是否黯然神伤
一去不复返的黄鹤

唱一首温软无奈的歌

3

跑步之后的热汗淋漓
蒸发了多少无谓的企盼
当汗水度过春秋冬夏
每一声告白都是世纪宣言
不是我不辞而别
是霓虹伤害了思想的脆弱
我和北方把酒言欢
岁月的轮回中青春渐行渐远

江堤漫步

1

早春的松花江
像婴儿般熟睡
身体蜷缩着
恐惧了西风

那位头戴红帽
抽冰汆的老人
用力地挥舞手中的鞭子
把整条江抽打得千疮百孔

在江心的深处
一股股春潮正在汇合
向江堤柔弱的垂柳
表述一个冬天相思的梦

2

领操的黄头发大姐

用标准有力的动作
点燃江边冷清的夜晚
曼妙的身姿让青春沸腾

动起来的鲜活是狼的图腾
是凤凰涅槃的悲壮坚定
是早春三月的乍暖还寒
是远方隐约的归雁啼鸣

面对母亲河松花江
用寂寞的目光遥望苍穹
所有的等待都会悄然而至
有爱的日子就是杨柳青青

3

告别的时候
已经泪洒长空
错过的花开花落
也许四季就是一生

那块静谧的岛屿
承载太多少年的离经叛道
慢慢地慢慢地打开
撞碎了飞火流萤

人生有一些无奈和遗憾
总是挥之不去萦绕心中
有时夜半忽然醒来
跳跃的心脏有一点点闷
更有一点点疼

春雪

1

洒在身上
有一点点的暖
落在唇边
有一丝丝的甜
北方的天空和土地
是恣意挥毫的立体画卷
用纯美和洁白做底色
不用做无缝焊接
浑然融为一体
天地紧紧相拥

2

此时
垂柳的嫩芽
即将拱破皲裂的皮肤
沉默了一个冬天的情话
悄悄地付之东风

而牛背上的牧童
折断那条最长的枝条
吹响柳笛
向远处走来的小姑娘挤眉弄眼
山谷中荡起婉转的回声

3

崖壁上
盘旋的山鹰
痴痴地望着鹅黄的花朵
那是美丽的冰凌花
刚刚睁开惺忪的眼睛
睡梦中嘴角含笑
梦见了朝霞
远远的,暖暖的爱
日出东方,那一抹鲜红

4

在不远的大海边
布谷归来振翅高飞
成群结队呼朋引伴
如影随形应和春风
唤醒森林的记忆
飞舞的彩蝶
跳跃的松鼠
水草的眉梢挂满蜻蜓
嬉戏在溪水旁
春雪,化为潺潺流水
缓缓流淌,岁月有痕岁月有声

周末品酒

1

红酒几乎和血液一种颜色
喝下去口感有点涩
轻摇酒杯慢慢品尝
面色微红心情别样
什么也不想什么也不说
往事如落叶,纷至沓来

2

八十岁的老父亲
身体逐渐硬朗
因为有药品的治疗
儿女鼓励的语言和目光
我的靠山依然巍峨
那是我的血脉之源

3

母亲依旧扭着大秧歌
儿孙的私事也经常干涉
操不完的心，她却乐此不疲
兴致起时唱几首经典老歌
偶尔有些跑调，但声音响亮
这是我的生命之源

4

一本超级励志的长篇小说
主人公出身卑微，但壮志凌云
走沧桑正道，擅长孙子兵法
风生水起后造福一方
阅读起来仿佛置身其中
看来，血总是热的

5

吃芹菜花生米品红酒
不知道这叫神马组合
观看国内男篮的半决赛
设计一个周末之约打发微醺的时光
精彩处大喝几声好
其实,血液能够燃烧

冰与火

七彩的光束
透过冰的晶莹
点燃松花江上的夜空
行人如蚁纷至沓来

冰与火是诗与画的组合
冰与火是情与爱的对峙
冰与火是冬与夏的守望
冰与火是心与心的述说

女儿的目光
掠过白雪公主和七个小矮人
她要编织新的童话
丰富少女五彩斑斓的梦

在长长的冰道上飞过
高声尖叫着
释放压力和疲惫
年轻的翅膀和梦一起飞翔

有一种浪漫的情怀
在最冷的日子里吐蕊
无需春风春雨的抚慰
绽放在生如夏花的笑靥中

给未来一个约定
给岁月一个期许
给生命一次感动
给诺言一次证明

需要一种激情澎湃
煮热冬天里的太阳
走向北方的阳春五月
开始新一程生命的轮回

日出

一钩弯月在苍穹之上
雪山雪地是她的投影墙
心事已经漂流得太久
冰凌锁住沉重的翅膀
渴望一双大手温暖寒冷
渴望一次和风细雨清洗忧伤

我不知道一夜漆黑的等待有多长
我不知道牧童的短笛在哪片草地上吹响
我不知道历史的天空还会飘过多少沉重的叹息
我不知道哪声哨音划破我的雪落北方

静候新一轮红日漫出东方
暗淡了刀光剑影雨雪风霜
把沉重的记忆融化成涓涓细流
在土地和心灵之间缓缓流淌

我要和红日一起飞翔
掠过母亲欣慰的笑语
丈量每一座高山和每一条河流

振臂高呼放声歌唱

不能等待得太久
来日没有多少方长
永远行走在风花雪月的故事里
你的微笑就是我的阳光

飘逝的时光

骑白马的不都是王子
也有戴红斗篷的妙龄女郎
“嗒嗒嗒”地踏雪飞驰
像漂流在雪野上的梅花
掠走了我太多的少年惆怅

苍鹰伫立在悬崖之上
悠闲地望着大海上的飞鸟
点点白帆渐行渐远
顺流逆流都是英姿飞扬

为了追逐盛开的莲花
蜻蜓徘徊了一个晚上
当盛夏的雨淋湿片片荷叶
晶莹的水珠可是你黯然的情殇

总是这旧时光
在记忆的深处时隐时现
像山谷幽深处开放的野百合
恬静而又芬芳

总是这旧时光
像踏雪有痕的鹿影
闪烁多少跳跃的企盼
心儿总是对着回家的方向

总是这旧时光
咀嚼在寂寥的夜晚
就着一坛陈年老酒
绵远而又悠长

烈马

疾风般“嗒嗒嗒”的马蹄声响
踏破大草原沉沉的梦
管它什么沟沟坎坎
鬃毛根根竖起直刺苍穹

目光总是在远处
有孤独飞过的寂寞的苍鹰
有诡秘的海市蜃楼
有马帮驼铃传来的悠扬动听

昂首站在悬崖边
动也不动任凭八面来风
想念那片溪流旁的花花草草
心事像江河一样澎湃涌动

不知道梦想和归宿在何方
总想用飞驰的马蹄丈量心情
也许会用一生的时光奔跑和寻找
每一次仰天长啸都是豪迈的歌声

映山红

信念总是在远方
在清朗明月的光线里
在回归整齐的雁阵中
在风雪夜归人徘徊的身影上

目光总在山峰的最高处
听松涛阵阵的回响
看风风雨雨后的彩虹
看绿草刺破冰凌的倔强

渴望一场酣畅淋漓的春雨
唤醒干枯太久的心房
和着牧童婉转的笛音
我要敞开胸怀大声歌唱

如果有一天我燃烧在山谷
请不要惊诧
那是我用生命的血红
为爱情彻底绽放

南飞雁

在与天空的撞击中
你的羽翼一根根折断
伤口滴着血滴着血
但整齐的队形从来不乱
人们总是看到你
活蹦乱跳的光鲜
心中的痛身上的伤
总是被自己振动的翅膀
轻轻掩盖
互相呢喃鼓励着
一路向暖　向南

为了躲避鹰鹫
远离峻岭和高山
与北斗星背向而驰
相守相望于每一个
疲惫的夜晚

有一天
在明媚的朝霞里

你看到了海水 蓝天
绿树　花朵　比基尼姑娘
泪水会浸满双眼
自己被自己感动一次吧
也许追求幸福的过程
就是飞翔　飞翔　飞翔
永远不知疲倦

相约北方

我把梦境挂在秋天之上
在五花山色中徜徉
匆匆的脚步
踏碎一地月光

我把希冀洒向蓝天白云
不惧千里万里
每一次凝视
都有我滚烫的心房

我把爱恋抛向浩瀚海洋
潮起潮落
海鸟的声声啼鸣
都是我心向故乡

走近你走近我
走进黑土地走进北方
飘洒的落叶之后
就是漫天的雪花飞扬

我忘不掉相约的历程
我忘不掉美丽的忧伤
长大后就来找我吧
赏山花烂漫看小河流淌

我想在秋天里远足

春耕夏除
我的汗水如细雨
滴满禾苗下的泥土

我想在秋天里远足
翻看一本《百年孤独》
在陌生的城市呆呆伫立
人在旅途迷失旅途

我想在秋天里远足
远方的苍穹下
也有云卷云舒
思念像野草般疯长
仰天长啸
一个人的江湖

我想在秋天里远足
找寻曾经的少年梦想
曾经的青春之路
想在午夜的马路上放歌

让闪烁的霓虹
暗淡流离的苦楚

我想在秋天里远足
在匆匆的岁月里
绘制一幅年轻的蓝图
用坚强和乐观做底色
像鸿雁飞翔在
喷薄的日出

大阅兵

从长安大街走来
你的步履铿锵
我们的海陆空
挺起又一代不屈的脊梁

九百六十万平方公里
处处是军歌嘹亮
几代人激动的泪水
淹没黄河长江

七十年的风雨历程
我们有太多的感怀要讲
七十年的奋斗历程
我们经历雨雪风霜

在贫瘠的土地上耕耘
我们种下春天的希望
看映山红花开
那是英烈们欣慰的目光

我们在秋天里收获
广袤的土地上稻谷飘香
在蓝天下挥汗如雨
还有我们的神采飞扬

给世界一个通知
中国是热爱和平的正能量
给地球一个拥抱
听听我怦怦跳动的大心脏

卷五：闲听落花

这场雪花和冬天无关

1

醉眼迷离地瞥向窗外
窗外,大片的雪花
把汽车和行人
涂抹得点点斑斑

2

这场雪花和冬天无关
在东北的东北
在清明之后
是相思的泪还是安魂的幡

3

想起余华和他的福贵
想起由鸡羊变成的牛
也许苦难就是这鹅毛大雪
把人生缤纷成如痴如幻

4

这么短暂的人生
真应该以酒为乐
回味逝去的亲人和苟且的自己
谁的眼泪淋湿了昨天

5

断断续续的雪花
淹没在霓虹的车流之中
是现实太残忍还是梦想太短暂
是平行还是交错,是原点还是终点

6

选择北国的四月和我手谈
用执着落花一马平川
我们的故事也许刚刚开始
生死相依,在一念之间

7

那就携手走进翠绿的春天
山的翅膀托起鸟儿的呢喃
你洁白的情怀写下忠贞和坚韧
魂魄即将点燃姹紫万千

也许

1

阳春四月的飞雪
迷失了归途
也许会有一种等待
避开尘世的喧嚣
喝醉小酒巷的时光

2

那些曾经的娃娃们
牵手走进婚姻的殿堂
也许岁月不再年轻
但是在心灵的深处
青春的翅膀依旧掠过时空

3

喜欢听花开的声音
喜欢绿叶映衬的花红

也许最美的容颜也易衰老
只要绽放过美丽
就应该优雅和从容

4

梦想放飞于远方
远方有海洋和丛林
也许最美丽的诱惑
就在蓝天白云之下
那一剪流水的身段翩跹摇曳

5

有一种不期而遇
凝固时间点滴成历史
也许每一次邂逅都是必然
像雨滴击破冷漠的石头
像小鸟衔来春天的笑脸

6

漫长的冬天静静地走了
春天来了,也将离去
也许时间将伤害所有的路人
春天的回首,失意的晚霞
唱一首送别,歌罢两眼泪花

其实

1

雨水沿着河边
已经漫过我的家园
那几棵樱桃树
在春风春雨中
吐出嫩绿的芽叶

2

山上的这片墓地
将和阳光、雨雪一起
长久静默，相对无言
其实站立的时光非常短暂
而躺下无言的日子却是永远

3

女儿的笑语和目光
将明媚我今生的麦田

趟过岁月的河流
我不知道能否搭上
已经晚点的航班

4

其实,巫师的预言
不是咒语和中蛊
人生不外乎两种结局
幸与不幸
其占卜的玄机诠释不清

5

其实,活着的意义
就是不断阐述一种声音
像雨露打湿阳光
像百花诱惑蝴蝶
像月光淹没彼此的痴迷

愚人节

1

太阳对大地说
月亮是我的儿子

溪水笑了
你们都在我的滋润中长大
你们都是我的儿子

2

蜜蜂对蝴蝶说
请远离我的女人

蝴蝶迷惑不解
你偷走了花心，我来安慰
怎么有情总被无情恼

3

未来对历史说
我的行程会一帆风顺

历史笑了
不经历岁月的风风雨雨
谁能知道明天会是什么样子

4

吝啬对慷慨说
等我发达了,宴请天下朋友

慷慨笑了,这世上有两种人
一种人喋喋不休地只说不做
一种人默默无闻地只做不说

5

露水对绿草说
我是天使的眼泪吗

绿草摇了摇头
你是流星划破天空
留下的美丽的忧伤

一个人的时候

1

喜欢坐在雨巷的小酒馆里
把手机调成静音
就几碟小菜一壶烧酒
细细咀嚼恬淡的时光

想起雪地上的那次夜谈
张扬的青春絮语像雪花在飞
想起秋日里的蛙声一片
十指相扣凝视西天的火烧云
想起夏日的长长信笺
夜色阑珊,相思成海

2

喜欢独处书房看几页小说
阳光明媚翠绿的兰花草
某一种情节似曾相识
有瞬间的颤栗,触动心弦

想起外婆疼爱的目光
温暖了我整个童年
想起外公读《三国》的痴迷
雕塑般静默,憨态可掬
想起启蒙老师的慷慨朗读
鼓动了一个少年的心愿

3

喜欢坐在城市的一隅
看车水马龙,川流不息
有几只嗡嗡的蜜蜂
义无返顾迷失在花丛里

想起说走就走的旅途
异域的情怀别样的风景
想起征程漫漫的茶马古道
大漠孤烟的清脆驼铃
想起春雨淋湿的苍老故园

逆光而行

我看不清前行的路
紧握方向盘的手
有点儿颤抖

落日的余晖
把林立的树木
穿上炫目的外衣

汽车的风挡玻璃
挂满金色斑驳的光影
有几只飞鸟
和我一起逆光而行

路途还很遥远
不知道这轮余晖
能够陪伴我多久
暖暖的有些眩晕
多像醉酒后
你抚摸我额头的双手

我不相信

1

我不相信
轻浮的风会骗走花的爱情
蒲公英的越飞越远
是去外面的世界
放松心情

2

我不相信
天空是灰色的
乌云遮不住太阳
每一次暴风骤雨之后
开满朵朵彩虹

3

我不相信
历史没有眼睛

它会用深邃的目光
审视每一句谎言
洗涤污垢记录真诚

4

我不相信
大地没有回声
外婆的嘱托母亲的汗水
都化作青山巍峨
布谷声声

5

我不相信
没有美丽的相逢
当高山凝视大海
当绿草拥吻露珠
一抹浅笑，云淡风轻

致远方

1

目光
掠过无边无际的大海
湛蓝的浪花
是凝视岁月的眼睛

2

云朵
依偎着天空
等待着和春天的约会
用一场细细碎碎的春雨
梦幻了山的空濛

3

山泉
汩汩流淌
没有一丝杂质

多像孩子纯洁的心灵

4

思想
细腻而又深邃
像淅沥的雨花亲吻嫩芽
像萤火虫点燃灿烂繁星

5

时空
心与心之间没有距离
浓浓的思绪都漂泊在
恼人的秋风

6

希望
满满的期待都会春暖花开

时间的风铃

摇动岁月的脚步轻轻

觅

1

生命的花开
也许在不经意间
绽开一点儿粉红的花蕾
明媚了一个冬天的苍白

2

说过谎言之后
曾经满脸通红
说多了
就会习以为常

3

孔雀东南飞
不是为了涅槃
而是为了兑现
海誓山盟的承诺

4

人机围棋大战
是棋手与智力程序的较量
专业和非专业的比拼
证明世上没有绝对的公平

5

春天来的时候
最先发声的不是绿草和花朵
是越飞越高的想象
撞击了春风

失

1

蝴蝶失手扰乱
绿草的梦
惊慌地转身
来去匆匆

2

冬梅清雅照看流年
达子香盛开在山巅
那是落日孤单的思绪
染亮黎明

3

孩子吵闹着踏碎雪花
远处传来子规的啼鸣
静静地凝望
春雨淋过,意兴阑珊

4

每一次等待
都透支黎明
每一次沉默
都唤起早春三月
牧童的笛声

5

我要和春雪邂逅
那是青春最初的约定
哪怕错过千里万里
情曾深深,雨亦蒙蒙

飞

1

鸟儿
用清脆吵醒黎明
泛青的叶片
覆盖了一个冬天的心事

夜深人静的时候
衔来一个童年的梦
一群小小鸟儿
在林梢间欢呼雀跃
叨碎一树的阳光

2

风筝
越飞越高的只能是愿望
理想的长度取决于
手臂的起落
那根线放飞不到天涯海角

只能在楼宇间
守候万家灯火

毕生都在咏叹一个心愿
长出一双鸟儿的翅膀
在云朵之间飞翔

3

流星
来去匆匆
把岁月切割成一条弧线
刺痛静谧而深蓝的夜
惊诧月影的朦胧

怀才不遇的寂寥
与众不同的身影
穿越苍穹后燃烧陨落
让往事随风

4

蝴蝶
保持最优美的姿态
翩翩起舞
相约花丛中
你的袅袅婷婷
我的幸福笑容

可以为爱殉情
谱写千古绝唱
也被制成标本
在玻璃镜框里
成为风景，成为永恒

飘

1

蒲公英
和小草携手刺破千里冰雪
向着春天的太阳微笑
腮边挂满晨露的晶莹

生命的最后
是一次漂流
以洁白的想象
漂向远方

远方有硕大的向日葵
有浓荫下,溪水旁
盛夏的清凉

2

柳絮
缠缠绵绵地

述说一个冬天的思念
以飞雪的密度
纷扬在天地之间

喜欢和风儿一起呐喊
和星星一起入眠
在闲暇的静谧和沉默
感受天高云淡

3

云朵
因为心比天大
所以越飞越高
冷眼看世界
江河是一簇水
森林是一片草原

多想走进溪水潺潺
曲径通幽,小河弯弯

牵手美丽的白桦林

倾诉岁月静好，天上人间

无题

不想掠过星空
我怕飞翔的翅膀
忽视高山云端

不想回眸凝望
我怕晶莹的泪珠
俘虏太阳

不想在今夜买醉
风雪夜归人
心也迷茫

不想重回养我的土地
我怕思念的潮水
淹没故乡

感冒的时候喝点酒

从前天下午开始
嗓子越来越疼痛
浑身乏力 心情倦怠
我认为是漫天飞雪作祟

第二天还是不清醒
躺在床上大口喝开水
嗓子和胃肠好像着火了
不知道该怎样报警

开始不停地打喷嚏
目光有些呆滞
头晕目眩身上发冷
盼望一个火炉温暖心情

继续室外运动挑战严冬
让病毒从毛孔中溢出
过滤成水蒸汽
消失在冰天雪地中

感冒是自身免疫力的修复
感冒是一种病
浑浑噩噩度过几日
抬头看见星光 神清目明

感冒的时候喝点高粱酒
麻醉和燃烧不舒服的神经
熟睡中嘴角含着微笑
哼一曲春暖花开为明天饯行

偶感

1

石头咳出了血
只为一眼
断断续续的
山泉

2

目光迷失了
找不到归途
徘徊在雪花的边缘
那是北方最后的冬天

3

背影行色匆匆
没有回头凝望
只怕多情的露水
打湿曾经的灿烂

4

有一种缠绕

凸显无味无聊
有一种缠绕
唤醒杏花春早

5

智慧就是沉默寡言
自己都无法诠释的思想
别人却奉若神明
高深莫测

致大海

想念一望无际的蓝
想念浩瀚飘渺的远
想念密密麻麻的海鸟
想念落日中的点点白帆

想念日出东方的红
想念云雾缭绕的幻
想念渔家少女的俏
想念艄公号子的声声呼喊

想念你的细腻
想念你的柔软
想念你的博大精深
想念你的海天相连

总想走进你的怀抱
感受五彩斑斓的心田
大鲨鱼的凶悍
珊瑚礁的绚烂

总想拥着你一路前行
穿过岁月的层层险滩
每一次海风呼啸而过
都是青春梦想飞跃蓝天

总想和浪花握手约谈
用抒情的旋律述说爱恋
相拥相伴一路馨香
我的臂膀是你永远的港湾

今夜，我的钥匙丢了

找不到家的时候
我坐在酒屋的窗边
纷纷扬扬的雪花
模糊了迷茫的双眼

行人匆匆忙忙
低着头各自想着心事
霓虹像喝醉了酒
飘来飘去阴晴不定

妈妈，我要回家
像小时候总攥紧我的手
现在仔细慢慢回味
我是母亲最深切的挂念

夜很深了
我坐在椅子上睡着了
当走进梦乡的时候
服务员轻轻将我摇醒

我仿佛梦到了青春
寂静无声的阅览室
激情澎湃的运动会
诗情画意的文学讲坛

夕阳西下的牵手
悸动的心不知所措
浪漫的相拥相吻
冲淡了一个世纪的时光

我醒了 记不清自己身在何处
辨不清前世今生的方向
怎么也找不到钥匙了
新换的指纹锁像堡垒锁住了心房

今夜,我的钥匙丢了
如果没有人来接我
我会将自己遗失在
黎明前的寒夜

夜晚

夜深了
道路两旁的红灯笼
在风雪中摇曳
白色的雪花是它的叶片

行人寥寥
坐在车里看不见星光
紧紧握住双手
在最冷的日子里给自己一点温暖

当滴答的时针刺痛黎明
春风将染绿松花江畔
我会坐在故园的土屋前
寻找儿时的老照片

什么时候想走就走 想唱就唱
在酣睡中做一个绮丽的梦
干净的河流绿草边
走来一位风度翩翩的小小少年

目光

大海上漂流的点点白帆
在你含泪的双眸中
一点儿一点儿的模糊
渐行渐远

起风了
心事被切割得七零八落
不知所措地在黑暗中伫立
望断远山迷失远山

干掉一杯老酒
温热冰天雪地的数九严寒
让目光平静如水
等待归来的南飞大雁

目光里总是纯真和洁白
眷恋过晨曦中的明媚清新
春雨淅淅沥沥中的宁静
夕阳西下如诗如画的傍晚

给岁月写篇行云流水的序言
有小桥流水的温婉
有昙花一现的美丽瞬间
有驼铃声声的汩汩清泉

用清洁剂洗掉旧日子的尘埃
迎着新一年的晨光把心事打开
我们预测过怎样开始但不知道怎么结局
谋事在人成事在天

总有一缕目光阅读你的岁岁年年
总有一种情感笃定而又豪迈
总有一片云朵轻轻地诉说
总有一抹翠绿映红花开的鲜艳

沿着目光的潮起潮落
唱一首人在旅途的歌谣
一年四季的心灵感悟
踏实的脚步胜过万语千言

当河流装满夜空中的星斗
当大地用绿草把千里冰川覆盖
跨过地球的沟壑心灵的羁绊
用一种热烈的执着点燃春天

细品光阴

一年的光阴
像一只烤熟的羊腿
被众人扯来扯去
吧嗒吧嗒嘴
吃掉了

一年的光阴
好比一场精彩的音乐会
梦幻般的开始
绿草河流 山花烂漫
强大的中场歌舞
燃烧成七月流火
所有火辣辣的目光和高分贝的呐喊
都成灰烬
舒缓为红苹果 红高粱 红枫叶
最后是漫天飞雪
漂白了人心 漂白了岁月

是旧时光的结束
是新时光的开始

再用慢火烤只羊腿吧
适量撒些必要的佐料
抿一口酒
让每个日子都有滋有味

我不知道

我不知道风从哪里来
像醉酒的汉子摇摇晃晃
在雪花飞舞的夜晚要到哪里去
家在何方梦在何方

我不知道蔚蓝大海的尽头是否连着天涯
茶马古道的驼铃叮咚作响
今兮天涯梦里天涯
四海为邻四海为家

我不知道你的眼里为什么还有泪花
岁月的尘埃不曾锈住心灵的家园
用单纯的眼神微笑着看这个世界
播点稻谷种点桑麻

我不知道怎样望穿秋水
在静止的时光里画满朝霞
怒放的生命有寒冷也有炽热
我的喜怒哀乐你的春秋冬夏

兰花草

佳木斯的暴雪
裹住我前行的脚步
在室内呆呆地伫立
细数这轻盈美丽的雪花
怎样肆虐成“白发魔女”

曾经的柳绿花红
曾经的青春足迹
曾经的秋日果实
都变成了洁白和空白
无影无踪

而你
用翠绿翠绿的姿态
陪伴我每一个寂寥的夜晚
吸掉我体内的浊气
清明我远视的目光
有时会开出洁白色的花朵
应和每一个有阳光的早晨

我向你敞开过昨日的情怀
我向你表达过今日的苦楚
当苦闷和疲惫
伴着酒精一同燃烧
你用无语的柔情
轻轻拂过我的心海

总是难忘共同经历的日子
有绿草如茵山花烂漫
有骄阳似火凉啤酒的爽快
有秋日果实收获的喜悦

最长情的爱是陪伴
在月缺之时在月圆之后
在明媚的日子里在雾霾的空气中
你用轻盈的微笑
陪我度过每一个无眠的夜晚

我是你的和风细雨
你是我的暗香和翠绿的等待

当我们携手走向明天
每一个有雨的日子都有阳光

余华的《活着》

1

人是哭着
来到这个世界的
挥舞着双手
十分的不情愿

2

人是带着不舍和无奈
苦笑着离开这个世界的
春天的花开，秋天的风
仿佛是做了一场梦

3

输掉了百亩良田
也许是塞翁失马
聒噪的所谓体面只是昙花一现
跌倒过的人，才会找回尊严

4

个人乃至家庭的苦难
和社会的大背景紧紧相连
战争的硝烟,理智和法制的缺失
像洪水猛兽漫过家园

5

苦难屈辱地活着
不如刚烈地死去
枷锁套牢一辈子
人就是行尸走肉

6

自由是新鲜的空气
法制是明媚的阳光
历史是一面镜子

也是一声沉重的叹息

7

在岁月的长河中
我们都是匆匆的过客
静下来,弹奏一曲高山流水
应和故园的暮鼓晨钟

卷六：百味人生

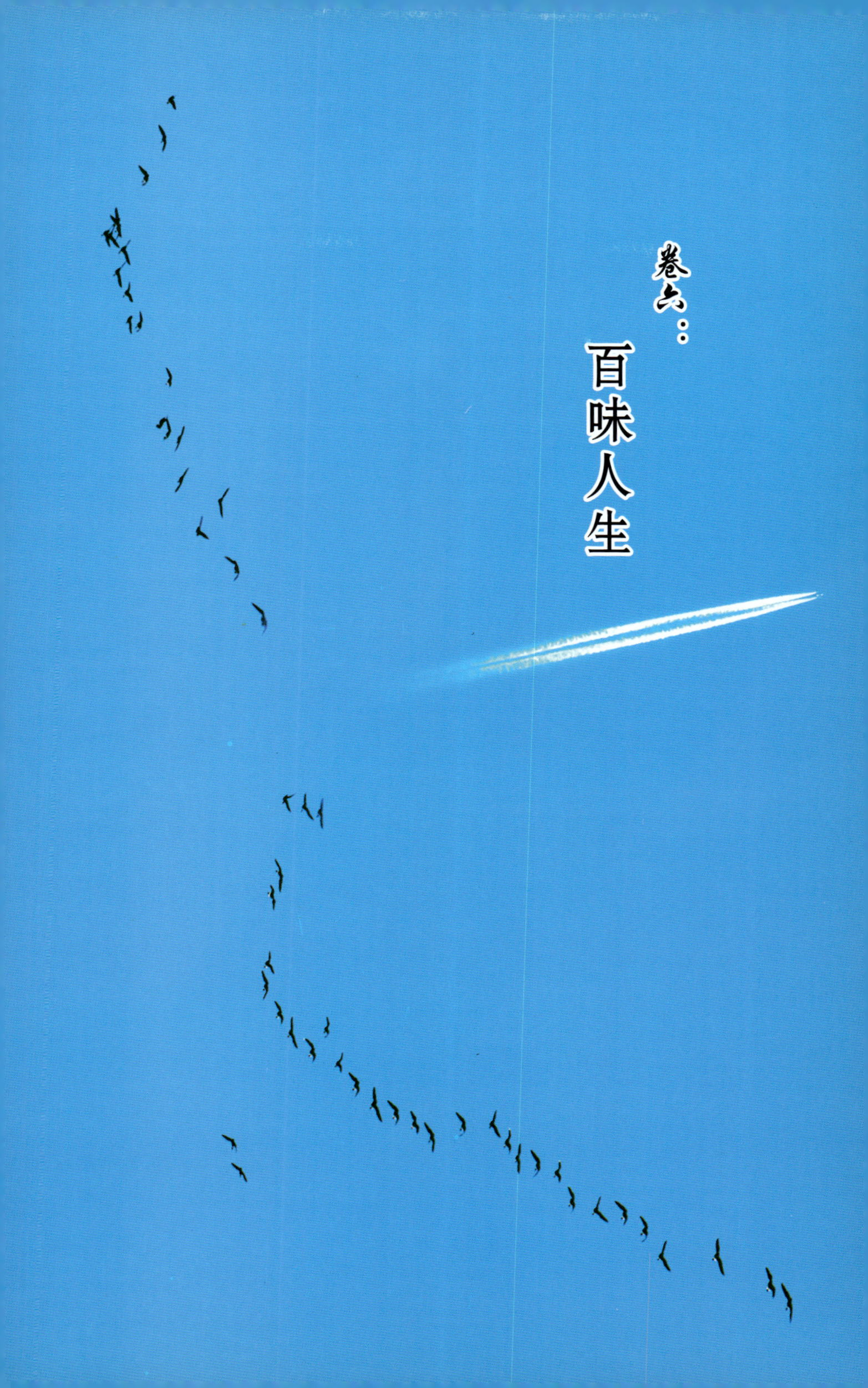

围棋

纵横交错的世界
只有黑白两子在缠斗
你抢占边角
我挺进天元

卧薪尝胆只为忍而后发
瞒天过海是为了暗度陈仓
寸土必争的资本
战斗的力量足够强悍

喜欢柳暗花明
向往巴山夜雨
小桥流水弯转处
孤独的雄鹰在飞翔

成竹总是在胸
任凭万马奔腾驰骋
我的地盘我做主
绿草如茵牛羊成群

总有一种坚定
支撑起我的勇敢和豪迈
掠过秦时的明月 汉时的关隘
万里长城是我的胸怀

布下天下大局
倾听风暴雷雨
汲取日月之精华
心有多大 舞台就有多大

穿黄马甲的环卫工人

这黄马甲不是皇帝的黄马褂
黄马甲身上的三道银光
在漆黑的夜里熠熠生辉
请来往的车辆缓行绕行

仔细端详这些环卫工人
都是叔叔阿姨 本该颐养天年
可他们养育完儿子再养育孙子
左肩上扛着扫帚　右肩上扛着责任

在刺骨寒风中清扫路面
一点一点儿 扫来了黎明
有时也谈论不争气的儿女
听众永远是呆板的路灯杆

土豪说黄马甲是社会的底层
诗人说黄马甲是城市的眼睛
其实我们都生活在同一地平线上
你听你的春风化雨我扫我的冰天雪地

心安理得地清理春夏秋冬
在四季的轮回中描绘别样的风景
黄马甲是精神和物质最质朴的哲学导师
干最累的活儿想最简单的心事

赌局

我要布一个天下之大局
赌一赌岁月乾坤
三十二张牌在我的掌下翻飞
我要洗副皇上王爷的大牌
吃掉天杠地杠一马平川

需要足够的耐心和娴熟的技巧
等到大天和九点的重逢
刹那的幸福悸动的快感
遥看千里冰封万里草原
都是我的社稷江山

为了这一天
我做了很久很久的准备
认清了每张牌的体貌特征
即使灯光暗淡也分毫不差
练就火眼金睛乃道上高人

天门的对手有些骄气
分一副好牌就得意忘形

心理取胜才是千王之王
真正的高手要波澜不惊
取对方首级于无形之中

瞒天过海的策略
暗度陈仓的技巧
选择好出路和归途
每一次果断出手都雷霆万钧
坚定的信念置之死地而后生

和自己的亲兄弟玩一场赌局
重拾儿时的游戏记忆
感受生命的风风雨雨
每一种抉择都深思熟虑
在天地的方寸之间
保持一颗执着而大气的胸怀

鸣

1

蛙的叫声
吵醒了池塘里的月光
此起彼伏，无关天籁
恼人而单调的音符中
写满孤独、凄凉与无奈
羡慕那些春暖花开
被洪水冲向大海的蝌蚪

2

那位晨起的仁兄
天天在公园吊嗓子
唱完京剧《打虎上山》
再唱《乌苏里船歌》
高亢、婉转、悠长
好像吃了兴奋剂
他是公园最大的吸尘器
承包了二氧化碳和雾霾

3

那只白毛泰迪
霸占了小区的甬道
摇头晃脑跟着女主人
亦步亦趋
有陌生人经过
它就会突然汪汪大叫
并做出恶虎扑食状
路人纷纷避之
终于领悟到
什么狗都仗势欺人

4

知了
把夏天的燥热
吵得天翻地覆
这种单一的爱情告白

没有引起一丝共鸣
风儿都躲得远远的
希望来一场雷雨
浇灭错乱的神经

5

喜鹊
叫声响亮而又沙哑
像醉酒中的男人
傻傻地呼唤女人
喋喋不休,语言裸露
吵着吵着,天就亮了
听了一个时辰情话的太阳
面色羞红

老树之死

1

冬天里
形如枯槁的一棵树
呆呆伫立街角的一隅
面无表情,冷眼看沧桑
待到春天长出嫩绿的芽叶
感受日子的葱茏
经常避避雨遮遮风
当嘴唇长出胡须
热盼一场轰轰烈烈的爱情
哪怕像一阵急雨
像一颗流星

2

站立得太久了
风沙湮灭了火热的心胸
在严寒酷暑的轮回中
你的视野没有了色彩

你的语言苍白无力
你的逻辑颠三倒四
狭隘像刀子划破了眼睛
在狂风暴雨中你怒了
在电闪雷鸣中你疯了
在雾凇的童话里
孤独的灵魂冻成了冰
只有啄木鸟经常想起
你那偶尔发热的神经

3

你老了
满身的落魄让人动容
你被巫婆指鹿为马
周身挂上红布条
一些人顶礼膜拜
被无知奉为神灵
有一天,穿旗袍的女人
双眼含泪双手合十向你诉说

你悸动的心血脉贲张
干枯的心灵做了最后一次翻腾
到了春天,你没长出一片绿叶
说笑着走来几位伐木工
最后锯成了木屑
被恼人的春风吹得无影无踪

望春风

1

漫长的灰色冬季
雪花作为唯一的油彩
涂抹了我渴望温暖的思绪
雾凇用冷艳和虚幻
迷惘了企盼春天的心灵
目光长满枯草和焦虑
远山和冰河沉默寡言
晚霞燃烧了最后的孤鸟
我多想长出一双翅膀
倾听千里之外春天的潮声

2

走着走着
就迷路了
乌云遮天蔽日
将有一场倾盆大雨
与我在荒郊野外

不期而遇
也许还会有春雷滚滚
迎合山谷的回声
在空旷的天地间
我，进退两难

3

那树杏花
被寒冷包裹了一个冬天
神情有点麻木
怅然若失
被春风拂过
春雨淋过
就羞答答地在枝条间
冒出了红骨朵
于是有无数密密麻麻的枝条
绽放星星点点的花蕾
笑醉了春风

何去何从

1

我的额头长满青苔
而目光的湖水微澜
有两条鱼在醉饮我的泪水
因为来自大海，泪水有点咸
一群燕子在我浓密的长发中穿梭
垒起一道道燕窝
我懒得和它们说一句话
一群无所事事又很忙碌的家伙

2

小狐狸轻轻放纵一把山火
烧毁了百年狼穴
群狼哭得天昏地暗
老狐狸满目同情，嘘寒问暖
并信誓旦旦地说，傻狍子抽烟引起的
有一种狡诈叫移花接木
对付粗鲁的狼

这些小伎俩屡试不爽

3

乌鸦总是欠欠地唱歌
嗓音嘶哑韵律极差
狐狸经常掌声鼓励
说它们是天籁之音
于是乌鸦没日没夜地聒噪
并制成光碟邮寄给年轻的异性
这个世界从此良莠不齐
像恼人的秋风，不知何去何从

电视银屏(组诗)

1.新闻联播

消除贫困和灾荒
我们风雨同舟
在中国梦想的道路上
一个都不能少

粮食连年丰收
经济不断转型
只有股票跌来跌去
雾霾考验人们的肺部细胞

2.篮球赛

几个黑肤色的男人
称霸国内篮球联赛
可以恣意妄为
竟然向裁判扔发带

国外的三四流角色

到了中国就是主角
是谁给你的特权
是谁制定的规则

3.广告

自称瓷砖品牌的领导者
自诩制药品牌的领导者
好像万般皆下品
唯有领导高

大板牙丑星侃侃而谈
谈疗效谈健康谈美容
名气并非质量的保证
商家是临时抱臭脚

4.电视剧

美轮美奂的古装服饰
比当代人还时尚

所有的光鲜和靓丽
都来自古人的远见卓识吗

一米阳光
穿越岁月的河流
再回首,云天外
绿草萋萋

5.养生大讲堂

每一剂中草药
都有厚重的历史
好像帝王将相
都不曾老去

口若悬河
打发旧时光
其实多走路多思考
才是最好的保健

6.天气预报

南方春暖花开
北方冰天雪地
经常有断断续续的寒流
光顾北方之北

我们习惯于乍暖还寒
对于春天和夏天的向往
慢慢捂热悄悄发芽
在坚定的目光里

7.动物世界

狮子有狮子的威风
猴子有猴子的灵性
蜗牛以不变应万变
羚羊用奔跑丈量吉凶

信念是支撑生存的欲望

如蝴蝶双飞

如雄鹰展翅

如虎啸猿鸣

人体素描(组诗)

1.眼睛

你打量着大千世界
大千世界也在打量着你

2.睫毛

眼睛的翅膀
忽闪忽闪飞翔
携来鸟语花香

3.耳朵

左耳听见诤言
右耳听见谎言

4.脸

经常说谎话和假话的人
脸上没有了红色素

5.手

抓不住岁月的尾巴
只能抓住自己的头发

6.脚

善于奔跑和行走
不为任何风儿停留

7.肚

吃得下山珍海味
容得下天地乾坤

8.心

赤诚源于动力
动力来自支撑和互助

我是你的动脉
你是我的静脉

9.肺

过滤杂质和浊音
让清新和顺畅
伴随起伏的山峦
应和嘹亮的歌声

输与赢

我需要一对红中
撑起局面
上家把所有牌摸来摸去
也舍不得打出一张
阳光很明亮 背影很模糊

小兄弟输光了零钱
抠出一张百元大钞
在手里紧紧地攥着
我扭头看那株绿色的植物
已经绽放出米粒大的花蕾

骑士和湖人正在篮球比赛
詹姆斯生龙活虎横冲直撞
科比步履蹒跚气喘吁吁
岁月真是一把杀猪刀吗
所有的英雄都会输给时间

看淡输与赢
手气会越来越好

果断地取与舍
呈现大将之风范

打麻将像弹奏钢琴
思想奔放洒脱自如
人生没有永远的赢家
微笑着面对风起云涌

这个城市

要过年了
打不到出租车
人们纷纷挤进商场
购买喜庆和吉祥

股市一年如过山车 玩的心跳
中产阶级口袋瘪瘪
眉眼间疲惫不堪
又添白发几许

国际油价跌了又跌
国内油价跌了又涨
各种解释和说法满天飞
老百姓只记住一条
汽油比食用油金贵

汽车火车挤得密不透风
回家过年是最大的民俗
潮水般涌来又退去
完成了人类的大迁徙

城市的楼房空置率很高
烂尾楼正在进行司法诉讼
曾经红红火火
如今空空荡荡

汽车将是城市最大的心病
梗阻着城市的动脉和静脉
当它像蝗虫爬满大街小巷
这个城市将痛不欲生

费德勒

优雅迷人的微笑
打开了多少少女的心扉
瑞士的国宝相当于中国的大熊猫
网球场上的芭蕾王子
翩翩起舞敏捷地飞翔

十七座大满贯的奖杯
前无古人 也许后面会有来者
只是不知道这后来者
需要跋涉多少年才能创造辉煌

年纪最长的四大天王
动如脱兔卷发飞扬
谦谦君子不骄不躁
仰天长啸当仁不让

失败的背影孤独寂寥
胜利也不趾高气扬
繁杂的赛事有些力不从心
所有结局都输给无情的时光

竞赛是人在旅途的一个片场
惬意和悠闲会冲淡不舍和迷茫
听一场跌宕起伏的歌剧
既充满欢愉也流露一丝忧伤

不知道今后的比赛还有多远多长
飞奔的蓝色体恤衫就是海洋
漫过所有的掌声和呐喊
总有一种执着豪情万丈

迷人的风采会被塑造成雕像
矗立在永远的网球场
生命会点燃所有的感动
那是壮丽的颂歌 澎湃激昂

股市

一伙道貌岸然的强盗
光顾千家万户
掠走人们黄粱美梦的珠宝
然后留下一张便条
钱财要善于管护和经营

暴雨 暴雨 暴雨
涨潮 涨潮 涨潮
拉高到六千点以上
老人和小孩都疯了
养老钱压岁钱投放到股市
微笑地等待着等待着
大馅饼砸到每个人的头上

有潮涨就有潮落
当股市过山车般坠下
卖菜的大妈欲哭无泪
大半辈子的血汗钱
被狗叼走了
并且无声无息

股市是一台绞肉机
把欲望和贪婪剁成碎末
一些股评家是企业的代言人
聒噪着喋喋不休

酒局

在幽暗的灯光下
女人哭了
双肩抖动着哽咽着
梨花带雨
这个木讷的男人
手足无措
一如三十年前的牵手

她精心设计这个酒局
用哭泣唤起他的记忆
当初的错过
因为年轻
现在不想错过
因为不再年轻
窗外的礼花正在绽放
这是辞旧迎新的最后时刻

他在回忆
她当初怎样决绝而去
他郁郁寡欢了一个秋季

最后像南飞的大雁无影无踪
盛夏的雨冲淡火辣辣的目光
秋天的落叶扰乱郁闷的愁绪
所有的情书石沉大海
变成又硬又冷的石头

仿佛一夜之间
岁月长满了胡须
这杯中的酒
这眼前的人
乱了平和之心
多了酸甜苦辣
像冬之雪夏之花春之雨
自己给自己一个答复
自己就是自己的海角
自己就是自己的天涯

住洋房的女人

这是位很漂亮的女人
白皙的面容上闪动会说话的大眼睛
光鲜的衣着时髦的发型
说话的声音充满磁性

她从洋房走出来的时候
身后总跟着黑白两只狗儿
她管黑狗叫儿子白狗叫女儿
“儿子”穿着米黄的马甲
“女儿”穿着漂亮的花裙子
她和狗狗成为小区的一道风景
有时狗狗汪汪叫着
吵醒了黎明

邻居说这女人除了麻将就是美容
叼着女式香烟听着摇滚音乐
而且只喝进口的洋酒
连狗粮都来自法兰西

于是很多少妇们都养起宠物狗

学着洋房女人的走路姿态
小区甬道上狗的粪便也成了“风景”
夏日里招来不受欢迎的蚊蝇

到了这个多雪的冬天
再也不见漂亮女人和她的一双“儿女”
收拾卫生的阿姨说
女人正张罗着卖洋房呢
搞房地产的老公跳楼了
资金链断裂欠了很多外债

外婆在世的时候经常念叨
人这一辈子三穷三富过到老
只有享不完的福没有遭不了的罪
大起大落也是一种人生

只是这小区从此消失了
很多男人热烈的目光

天元

地球在我的臂膀里睡着了
为了看一眼天外之星
整装待发了一个冬天
双眼通红

青春被遗失在校园的小路上
哼唱过的巴基斯坦歌曲
越来越模糊生涩
长发高鼻梁的女人却越发清晰

纵横交错的道路爬满了行人和汽车
为了证明我曾来过
悄悄爬进地下通道
避开拥挤和喧嚣

不要问我从哪里来
我已经成为城市的负担
不要问我到哪里去
城市是我的鸡肋无滋无味

等待得太久了
目光里长满了岁月的尘埃
导演不了生死相依
没有感人的剧本迷人的灯光

挥一挥手不说再见
潮起潮落心事不曾打开
望断天涯的不是企盼
傻傻的目光中纯真而又徘徊

我站在地球的中心伫立等待
静候第一场春雨淋湿所有的情怀
给生命一个小小的总结
穿越所有的旧时光
春暖花开

如果人生是一盘棋
我就抢占天元
不管结局的胜负
登高望远笑看江山无限

片段

几碟小菜一壶酒
品味咸咸淡淡的日子
偶尔有点儿酸有点甜
偶尔有点儿辣有点苦

乱停放车辆被砸碎风挡玻璃
车主在趾高气扬地谩骂
阿姨佝偻着身子蜷缩在寒风中
低着头叫卖着烤红薯

土豪对着满桌海鲜放肆地打着饱嗝
粗声大气地白话着自己的艳遇
一辆破旧的废品车
在小巷口被冰溜子卡住

城市的血管严重堵塞
所有大街都是蝗虫似的汽车
只有鸟儿在自由飞翔
身上沾染雾霾中的灰尘

这个城市的血压偏高
不是动脉迟缓就是静脉曲张
有的人不是自闭就是妄想
喜欢在异性耳边喋喋不休

一个不知天高地厚的浑小子
自告奋勇当什么作协总导演
文坛骚客们个个意境高雅
这小子必将招来一片骂声

要过春节了
下一次相聚要猴年马月
活在当下吧
管他神马东西南北中

留两声喝彩给自己
感谢生命里的所有相知相通
让我们以一片亮晶晶的翠绿
迎来一路芬芳中的朵朵花红

汽车

蝗虫爬满街面
出现的最高密度峰值
每天的早晨和傍晚
哼哼地喘着粗气
瞪着死鱼似的目光
冷漠地呆视着熙熙攘攘的人群

道路窄的像小肚鸡肠
城市的消化系统严重堵塞
人们在怨声载道
医生束手无策开不出药方

不知道从哪里来
忘记了到哪里去
暴躁得像热锅上的蚂蚁
家很遥远 亲人已经陌生

蝗虫吞噬过庄稼
大地曾经颗粒无收
当蝗虫吞噬掉城市

人们会成为流浪狗儿
夹着尾巴徘徊着徘徊着
被雾霾包裹在路灯下

少年柯洁

一年攫取双冠
站在世界围棋之巅
豪言壮语难掩稚嫩的笑容
自古英雄出少年

黑白的世界里
守得住寂寞坚守住底线
无声的厮杀鏖战中
恣意纵横四起狼烟

看透对手的笑里藏刀
洞悉对手的陷阱羁绊
雪山飞狐一飞冲天
对酒当歌扬眉拔剑

杀就杀个地覆天翻
杀就杀出独侠虎胆
拨开重重迷雾
不畏浮云遮望眼

你和世石再次拔剑对峙
新老天王的决斗千古一叹
滚滚长江东逝水
弹指一挥间

胜负应属纹枰事
莫忘平常心态
荣辱不惊大丈夫
当属英俊潇洒 豪迈少年

两只猫

圣诞夜里归来
看到了两只幼小的猫
小白和小花悄悄进我家
女儿说是圣诞老人的礼物

从此我宁静的世界里
总有“喵喵”的叫声
步履蹒跚着从书房颠到客厅
不知寻找母爱还是熟悉陌生

我不想走进猫狗的世界
因为养育的结局是分离
狗很单纯也很忠诚
做出各种乖巧的动作
只为讨好有些寂寥的主人
猫很娇气有少女情怀
像灰姑娘一样痴痴地盼望
白马王子踏雪而来

也许这世上的某些等待

注定没有结果
像错过同船共渡
像错过春暖花开

君子兰

一介书生长发披肩
剑眉皓齿 卓尔不凡
从花丛中款款走来
高贵典雅 风度翩翩

总把心事抖落在新年
通常以橘黄色的想象
温润如玉 纳气吐兰
明媚了我一个冬天的目光

你的故乡在非洲的草原
在大树遮蔽的阴凉下
你在绝望中等来了一次邂逅
走进了温暖华丽的殿堂

总是把自己打扮得一尘不染
总是在每个日子里都笑意盈盈
你最后葳蕤成百花之王
因为你的身体和血液里都是芬芳

手机

我在世界的目光中
世界在我的手掌里
我的南中国海潮湿了风景
椰风习习四季花红
在西亚的某个地方
内讧和杀戮赶得人们像惊弓之鸟
亡命天涯而天涯何处才是家
趴在沙滩上溺亡的小男孩是一幅滴血的画

而在爱情岛夏威夷
度假的情侣们悠闲地走过湛蓝的岁月
海有多辽阔心就有多高远
目光会掠起前方的点点白帆
富裕与贫穷是两条铁轨
什么时候才有交集
和平与杀戮是两大主题
什么时候才能消灭无谓的战争

在手掌里看这个世界
有太多的风景太深的感悟

看黄沙怎样湮没绿草
看河流和绿草怎样覆盖沙尘
看春雨怎样打湿第一片绿叶
看绿草和山花怎样呼唤洁白的羊群
当喜鹊吵醒枝头上的黎明
清澈的湖水是大地的心灵

慨叹这个世界的五彩缤纷
感怀这个世界的光怪陆离
敢问璀璨的星辰和浩渺的苍穹
什么时候能让罪恶永远闭上眼睛
采撷纯美的花朵和善良的人性作曲
为无辜者的去世唱起婉转的歌声
用真诚和友好包裹这个世界吧
历史是台摄像机会拍下所有崇高的言行

四月碎雨

1

这是北方春天的第一场雨
细碎的,若有若无
多像一只流浪狗无精打采的目光
眷顾这道是无情却有情的世界

田埂上秸秆燃烧的蓝烟
闹腾了几天雾霾之后
树木裸露了淡绿的枝干
空气清新得像婴儿的眼睛

这变换的季节谁也不等
猴急得像要出嫁的姑娘
碎雨冲刷了绿草和树木
不知能否抚平疲惫的笑容

2

站在窗前一直在张望

等待绿草如茵杏花粉红
那封发黄的信笺一直都在
或许今夜无人喝彩

像雨打窗棂叩问曾经的细节
像独自走过断桥的那抹疼痛
像穿过孤寂那两滴犹在的泪痕
像路灯下黯然神伤的背影

这碎雨多像喋喋不休的诉说
诉说一个漫长的等待和无奈
每一次相逢都会有一个相同的故事
你我的世界,马上春暖花开

右拐，左拐

右拐
车流如织
整条大街
装满迫切的心事

出租车像老鼠
窜来窜去
警察像不作为的黑猫警长
目光空洞而又彷徨

春天已经在街角色彩斑斓
温暖已经洒满大街小巷
但是细雨斜斜而又琐碎
像母亲的唠叨久久回荡

左拐
就是等待时光
等待绿灯刹那亮起
续播所有的向往

像鱼儿逆流而行
像春天小河流淌
把行程都装订成序言
每一声呐喊都荡气回肠

向纵横的道路挥手告别
每一次迫切都是家的方向
有一种笃定支撑前进的情怀
北中国的春雨,挥洒一路芬芳

我对你说

1

我对你说
霓虹是落霞的影子
暗处拉长的心事
多是逆光而行

2

我对你说
湖泊是森林的镜子
白天和黑夜的形形色色
不是多情就是无情

3

我对你说
露珠是太阳的乳汁
喂饱了牛羊成群
还有喜鹊叽叽喳喳

4

我对你说
花朵是彩虹的女儿
每一次电闪雷鸣之后
都是梦幻的绽放

5

我对你说
蜻蜓是小荷的情人
每一次的流连忘返
都是娇美的出水芙蓉

6

我对你说
挥手告别过往
黑土地已经吐绿纳新

方圆和经纬春风荡漾

7

我对你说
醉酒的时候点燃烛光
倾诉风雨中的迷惑
我们的故事，山高水长

天空

1

萤火虫
是森林的目光
绿草拥吻着露珠
遗忘了寒冬

2

大风
把树梢摇成风铃
在记忆最混淆的时刻
懵懂站立不如匍匐前行

3

烈酒
温暖了岁月模糊了友情
呼伦贝尔大草原
你的羊群我的歌声

4

天鹅湖
滤过倩影的柔美和坚韧
用青春的执着和热烈
放飞爱情的忠贞和轻盈

5

孔雀
为赞美和惊艳开屏
为了这华丽的绽放
等待了一个漫长的严冬

6

舞蹈
用肢体述说青春的雨和风
以排山倒海之势

席卷土地和天空

7

远足
带着所有的快乐和轻松
醉卧在无人的旷野
我是山的翅膀海的涛声

8

告别
喧闹的街区闪烁的霓虹
温暖的日子适合放飞心情
漫天的繁星是我微笑的眼睛

后 记

2016年的春天悄然来临。

我喜欢春天,春天是美好的开端,一切的愿景都可以在这一季开始筹划并付诸行动。无论是破土而出的,还是含苞待放的;无论是慢慢舒展的,还是缓缓流淌的;也无论是悄无声息的,还是莺莺絮语的,只要季节老人把春的帷幕拉开,他们就会用自己独特的方式,在这里汇演自然那神奇的活力。

作为一个纯粹写诗之人,我在这个春天里收获满满。我的第一本诗集《雪落北方》已经付梓,第二本诗集《如果有一天》也进入筹备阶段。回头看看,近两年的创作速度确实很惊人,自己都觉得不可思议。然而,每天一到两首诗歌的节奏对我来说轻松运笔,没有负担不知疲倦。这本诗集里收录了我近两年创作的130首诗歌,每一首诗都是我激情所作,灵感来时一挥而就,或把平日里的点滴心得加工而成。

每天把自己新鲜"出炉"的诗作放到QQ日志里,配上图片,再发到微信朋友圈中。朋友们在我的"地盘"上点赞、讨论、调侃,你来我往好不热闹,这种内心的愉悦和成就感成为我生活中不可或缺的一部分。我的诗歌创作灵感都是生活所赐,也是亲友们给予的力量,因此,我感谢生活感谢所有的亲朋好友,让我的诗意情怀恣意地在天空上飞翔,在大海上泛舟……

多年的生活阅历和大量的阅读,使我为创作储备的能量达到了一个峰值,因此这两年我的创作进入"井喷"状态。写作、读书、跑步是我工作之余的三件悦事。我对喜欢的事有一种执拗的挚爱。读书,可以通宵达旦;跑步,十几年从不间断;写作,我行我素,不管不顾,写下去,再写下去。

这部诗集的问世要感谢我的老同学林玉和。原本我的第一部诗集《雪落北方》刚刚出版,还没有出第二部的打算。年初玉和从北京回佳木斯探亲,鼓励我在创作激情的沸点时再出一部诗集,由此诗集《如果有一天》敲定出版。今年我在为老父亲庆祝80岁生日之时,看到耄耋之年的父亲依然朗健,父母儿孙绕膝,其乐融融的一家人过着幸福的生活。我想,等我步入垂暮之年时,把自己的几部诗集交到孩子手中,也是给孩子一笔宝贵的财富。

在诗集出版之际,想借此表达一下我的心情。首先要感谢父母。虽然父母没有多高的文化,但他们坚信"知识改变命运",他们辛苦劳作让我受教育培养我成材。还好我没让父母失望,在事业上小有成就。最大的收获是我一直未忘初心,坚守自己那个"养心"的爱好,成为一个用心去写诗的人。还要感谢报社金宇老师继续欣然作序,并付出巨大心血为我修订诗稿。

作为诗人,我不会推销自己,也懒得推销自己,感觉一生做自己喜欢的事时间都不够,哪里有时间去经营那些华而不实的虚名。在这里我不浮夸我的诗集《如果有一天》,如果你能在诗集里遇见一首让你心动的诗,那就是我的成功也是你的收获。

在写这篇后记时,佳木斯的大街小巷开满了杏花,走在街上满眼娇美芬芳的花朵争奇斗艳，诗集《如果有一天》将在这个美丽的春天孕育出版。我将继续歌唱这世上所有的美好，因为我坚定的目光里总有挚爱和希望……

2016年5月3日于佳木斯

图书在版编目（CIP）数据

如果有一天：刘兆国诗集 / 刘兆国 著. -- 北京：作家出版社，2016. 8
ISBN 978-7-5063-9153-5

Ⅰ. ①如… Ⅱ. ①刘… Ⅲ. ①诗集 - 中国 - 当代 Ⅳ. ①I227

中国版本图书馆CIP数据核字（2016）第219406号

如果有一天——刘兆国诗集

作　　者： 刘兆国
责任编辑： 冯京丽
装帧设计： 马龙岩　宫春佳
责任校对： 王长玲　金　宇　张　辉
出版发行： 作家出版社
社　　址： 北京农展馆南里10号　　**邮　　编：** 100125
电话传真： 86-10-65930756（出版发行部）
86-10-65004079（总编室）
86-10-65015116（邮购部）
E-mail:zuojia@zuojia.net.cn
http://www.haozuojia.com（作家在线）
印　　刷： 黑龙江省佳木斯市广电印刷有限责任公司
成品尺寸： 140 × 210
字　　数： 150千
印　　张： 10
版　　次： 2017年1月第1版
印　　次： 2017年1月第1次印刷
ISBN　978-7-5063-9153-5
定　　价： 36.00元
